중학생 독후감 세계문학 60

중학생이 보는

KIMMANJUNG KIMMANJUNG

사씨남정기

김만중 지음
성낙수(한국교원대 교수) · 임현옥(부여여고 교사) · 이승후(경주 감포중 교사) 엮음

좋은 책 좋은 독자를 만드는
(주)신원문화사

 책 머리에 ·······················

　더 이상 언급할 필요도 없지만 요즘은 독서의 중요성이 더욱 강조되는 시대입니다. 첨단과학으로 이루어진 대중매체 덕분에 눈으로 읽는 것보다는 말초신경을 자극하는 동영상 쪽으로 관심이 모아지는 데 대한 우려 때문일 것입니다. 꿈과 희망을 가지고 자라나는 학생들에게는 올바른 사고력과 분별력을 키워주어야 합니다. 그런 점에서 다른 사람들의 생각과 철학, 인생관과 세계관이 들어 있는 명작들을 많이 읽는 것이야말로 바람직한 학습 효과를 거둘 수 있는 지름길이라 생각합니다.

　명작은 오랜 세월에 걸쳐 많은 사람들이 읽고 크게 감동을 받은 인정된 작품들로서, 청소년들의 삶에 지침이 되어 주고 인생관에 변화를 주게 될 것입니다.

　이번에 중학생들에게 꼭 읽히고 싶은 명작들을 선정하여, 작품을 바르게 감상하고 독후감을 쓰는 데 도움을 주고자 이 시리즈를 기획하게 되었습니다. 작품들은 동서고금에 걸쳐 객관적으로 인정받은, 훌륭한 대상만을 선정하였습니다. 그리고 책의 구성을 다음과 같이 하여, 읽고 쓰는 데 도움이 되도록 하였습니다.

　하나, 삶에 대한 지혜와 용기를 주고 중학생이라면 꼭 읽어야 할 명작만을 골랐습니다.

둘, 명작을 읽고 난 후의 솔직한 느낌을 논리적·체계적으로 쓸 수 있도록 중학생들의 독후감 작성에 따르는 부담을 덜어 주도록 구성하였습니다.

셋, 작품 알고 들어가기, 내용 훑어보기, 작품 분석하기, 등장인물 알기를 통해 작품을 분석하는 힘을 기를 수 있도록 하였습니다.

넷, 작가 들여다보기, 시대와 연관짓기, 작품 토론하기 등을 통해 작가의 일생을 알고 시대의 흐름을 파악하여 상상력과 창의력을 키워 주도록 하였습니다.

다섯, 독후감 예시하기와 독후감 제대로 쓰기에서는 책을 읽는 방법과 독후감 모범답안 실례를 제시함으로써 문장력을 길러주는 한편 독후감 쓰기의 충실한 길라잡이가 되도록 했습니다.

아무쪼록 이 책들이 중학생들의 학습 능력 향상에 큰 도움이 되길 빌어 마지 않습니다.

엮은이 성 낙 수

차 례

중학생이 보는

KIMMANJUNG KIMMANJUNG

사씨남정기

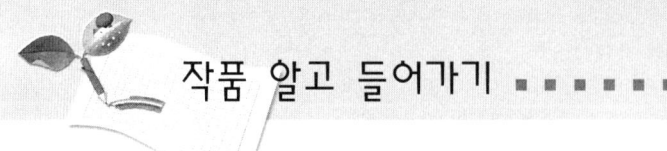

작품 알고 들어가기

《사씨남정기》는 서포 김만중의 작품으로, 숙종대왕이 계비인 인현 왕후를 폐출하고 장희빈을 왕비로 맞아들인 데 대해 작가가 임금의 마음을 회복시키고자 하는 의도에서 지었다고 해요. 다만 이러한 목적을 다루면서도 배경은 중국 명나라 시대를 취하고 있어요. 그것은 작가가 자신의 저항 의식을 숨기기 위한 방편으로 여겨집니다.

주제는 숙종의 폐비 사건에서 소재를 얻어 일부 다처제의 가정 생활에서 나타나는 비극을 표현하고 있습니다. 나아가 이 작품을 통해 숙종의 마음을 돌이키려고 한 것이 잘 드러납니다. 내용은 역시 조선 시대 공통적인 주제인 권선징악을 다루고 있지요.

숙종이 어느 날 궁녀로 하여금 소설을 읽어 달라고 하자, 궁녀가 마침 이 작품을 읽어 드렸다고 해요. 그때 숙종은 죄가 없는 사씨를 축출시키는 유한림을 가리켜 "천하의 고약한 놈"이라고 소리를 질렀다고 합니다. 숙종은 이 작품에서 자신의 잘못을 깨달았지는 알 수 없지만, 숙종 20년에 장희빈을 폐출시키고 인현왕후를 복위시켰습니다. 지은이인 김만중이 이 작품을 지어 놓고 인현왕후의 복위를 보지 못하고 죽었으니 애석하기 이루 말할 수 없습니다.

《사씨남정기》는 국문학사적으로 볼 때 그 가치가 매우 큽니다. 김만중은 한국 문학이 마땅히 한글로 쓰여져야 한다고 주장하여, 한문 소설을 배격하고 이 작품을 창작했답니다. 소설을 천시하던 당시에 참된 소설의 가치를 인식하고 이 소설을 씀으로써 이후 고대 소설의 전성기를 이끌었지요. 조선 시대의 일부다처제로 인해 빚어진 아내와 첩 사이의 갈등을 소설화한 최초의 작품이라는 점과, 이전까지 고전 소설이 영웅 소설 위주인 데 비해 이 작품은 가정 소설의 영역을 개척했다는 점에서도 또다른 의의가 있습니다.

그러면 이제부터 《사씨남정기》를 잘 읽어 보고 작품과 작가에 대하여 깊이 생각해 볼까요?

화설(話說)[1]. 명나라 가정 연간에 금릉 순천부에 한 이름난 사람이 있었다. 성은 유요, 이름은 현이니 개국 공신 성의백 유기의 후손이라. 위인이 현명 정직하고 문장과 풍채 일세에 뛰어난지라. 어린 나이에 등과하여 벼슬이 이부시랑 참지정사에 이르니, 명망이 온 나라에 진동하더라.

일찍이 시랑 최모의 딸을 취하여 아내를 삼으매 최씨 또한 성품이 어질고 너그러워 금슬은 좋으나 슬하에 자녀 없음을 근심하더니, 늦게야 한 아들을 낳고 오래지 않아 부인이 세상을 떠나니, 공은 원래 공명에 뜻이 없는데다가 더욱이 그때 소인(小人)[2]이

1) 옛 소설에서 이야기의 첫머리, 또는 말머리를 돌릴 때 쓰던 말.
2) 도량이 좁고 간사한 사람.
3) 각 도에서 그 도 안의 유생에게 보이는 과거.

조정에서 권세를 쓰므로 병을 핑계로 벼슬을 사양하고 집에 돌아와 세월을 보낼새, 비록 나랏일에 참여치 아니하나 당대의 명사들이 그 청렴하고 고결한 덕행을 사모하고 우러러보지 아니하는 이 없더라. 공에게 누이 하나 있으되 성품이 유순하고 인품이 얌전하고 몸가짐이 조촐한지라, 일찍이 선비 두홍의 아내 되었다가 과부로 지내매 공이 한 집에 있게 하고 우애 극진하더라.

사씨남정기

유공의 아들 이름은 연수니, 차차 자라매 얼굴이 빼어나고 재기 숙성하여 문장재화(文章才華) 열 살에 다 이루니, 공이 기특히 여겨 사랑하되, 다만 부인에게 보이지 못함을 한탄하더라. 공자 열네 살에 향시[3]에 제일로 뽑혔다가 열다섯 살에 급제하니, 천자께서 그 문장과 위인을 보시고 크게 칭찬하사 한림학사를 제수하시매 한림이 나이 어리므로 십 년을 더 학문에 힘쓰다가 다시 벼슬하여 관아에 나가기를 청하니, 천자가 그 뜻을 아름다이 여기사 특별히 본직을 띠고 오 년 말미를 주시니, 한림이 천자의 은덕에 충심으로 감사하고 공 또한 경계하여 말하되, "충의를 다하여 국은(國恩)을 갚으라." 하니라.

한림이 급제한 후 구혼하는 이가 많으매, 하루는 공이 누이 두 부인과 더불어 성 안에 있는 모든 매파를 청하여 어질고 사리에 밝은 소저 있는 곳을 물을새, 매파들의 말을 듣건대 칭찬할 때에는 하늘에까지 올리고 헐뜯으면 천정 굴 속으로 떨어뜨려서 아침부터 저녁까지 결단하지 못하더니, 그중에 주파라 하는 매파가

말을 아니하고 가만히 앉았다가 모든 말이 대강 그치매 문득 고하여 가로되,

"모든 말이 사사롭고 편벽됨이 없지 아니하오니 소인이 바른 대로 고하리로소이다. 노야께서 만일 부귀를 탐하시면 엄 승상의 손녀만한 이 없고, 반드시 행실이 아리땁고 얌전한 숙녀를 구하시려면 신성현에 사는 사 급사 댁 소저 외에 또다시 없사오니, 청컨대 이 두 곳 중에 하나를 가리옵소서."

이에 공이 묻기를,

"부귀는 본디 내 원하는 바가 아니오. 어진 이를 택하려 하나니 사 급사는 본디 대간 벼슬을 하다가 귀양을 가서 죽은 사람이라. 진실로 강직한 선비이니 마땅히 사돈 관계를 맺을 만하거니와 모를러라 그 소저 과연 어떠하뇨?"

주파가 대답하여 말하기를,

"소저의 용모 덕행이 일세에 귀하오니 어찌 이루 다 형언하오리까! 소인이 매파로 나선 지 삼십여 년에 왕공 재상의 모든 댁을 다니며 신부를 많이 보았으되, 이와 같이 빼어난 소저는 본 바 처음이오니 두 번 묻지 마옵소서."

이에 공이 말하되,

"이는 색을 취함이 아니라 덕행이 있어야 함이로다."

---

1) 관세음보살의 공덕을 찬양하여 부르는 가사.

하니, 주파가 말하되,

"사 소저는 유한정정하여 요조숙녀의 덕이 외모에 나타나오니, 상공은 매파의 말이 믿기지 아니하시거든 소저를 직접 알아보소서. 소인이 어찌 상공께 빈말을 하오리까!"

하며 하직하고 돌아간 후, 공이 두 부인에게 말하기를,

"매파의 말만 믿지 못하리니 어찌하면 사씨의 덕행을 자세히 알리요?"

두 부인이 말하되,

"남녀의 덕행은 글씨 쓰는 법에 나타나는 것이오니, 이제 사씨의 필체를 볼 수 있는 한 가지 묘책이 있사옵니다. 우리 집에 간수한 남해 관세음보살을 그린 그림이 있사오니, 이는 당나라 때의 유명한 화공인 오도자가 그린 바로, 본디 우화암에 보내 시주하고자 하였더니, 이제 우화암 여승인 묘혜를 불러 화상을 가지고 사씨 댁에 가서 그 처자에게 관음찬(觀音讚)[1]을 청하여 그의 친필로 써 오면 그 재덕을 가히 알 것이요, 묘혜 또한 그 얼굴을 볼 것이옵니다. 묘혜 반드시 나를 속이지 아니할 것이옵니다."

공이 근심하여 말하기를,

"이 계책이 마땅하나 관음찬 짓기가 심히 어려울 것이니, 어린 여자가 어찌 감당하리오?"

두 부인이 책망하듯 말하기를,

"어려운 글을 짓지 못하면 어찌 재녀라 하리오?"

공이 옳다 여겨 빨리 묘혜 부르기를 청하니, 두 부인이 사람을 우화암에 보내 묘혜를 불러다가 이르되,

"사씨 댁에 사돈 관계를 맺으려 하나 신부의 현명함을 알 길이 없으니, 관음 화상을 가지고 사씨 댁에 가서 소저에게 관음찬을 받아 오면 보고자 하나니 대사는 수고를 아끼지 말라."

하고 관음화상을 내어 주니 묘혜 받아가지고 즉시 사 급사 댁에 가서 뵈옵기를 청한대, 부인이 본디 불법을 좋아하고 묘혜 또한 이전부터 여러 번 출입하였던 고로 즉시 불러들이더라. 묘혜 절하고 문안하매 부인이 가로되,

"오래 보지 못했더니, 오늘 무슨 좋은 바람이 불었관대 이르렀느뇨?"

묘혜 대답하여 가로되,

"소승의 거하는 암자 퇴락하였으매 재물을 얻어 다시 고치느라고 틈이 없어 오래 문안드리지 못하였삽더니, 이제 공사를 마쳤으매 감히 부인께 와 뵈옵고 시주하심을 청하옵나이다."

부인 가로되,

"불사에 쓰려고 하는데 어찌 시주함을 아끼리오마는 가난한 집

1) 절이나 중 또는 가난한 이 등에게 돈이나 물품을 베푸는 것. 또는 베푸는 돈이나 물품.
2) 미인의 아름다운 걸음걸이를 비유한 말.
3) 속세를 일컬음.

에 재물이 없으니 크게 시주하지 못하려니와 달리 구하는 바는 없느뇨?"

하니, 묘혜 청하기를,

"소승이 구하는 바는 소승에게는 해가 될 것이 없어도 부인께는 이익이 될 만한 은혜요, 소승에게는 천 냥보다 중하여이다."

부인이 재촉하여 말하되, "그러면 말해 보라."

묘혜가 답하기를,

"소승의 암자를 다시 고친 후 어느 댁에서 관음 화상을 시주하였삽는데, 이것은 당나라 사람의 이름난 그림이오나 오직 그 위에 칭찬하는 글이 없는 것이 큰 흠이옵니다. 만일 소저의 금옥 같은 친필로 찬문을 지어서 써 주시면 이는 실로 산문(山門)의 보배라. 그 공덕이 칠보를 보시(布施)[1]하는 것보다 열 배나 소중하고 소저의 수명이 길어지리이다."

부인이 이 말을 듣고,

"여아 비록 고금 시문(詩文)을 통하나 이런 글은 잘 짓지 못하려니와 아무렇게나 시험해 보리라."

하고, 시녀로 하여금 소저를 부르니, 소저 부모의 명령을 받들고 연보(蓮步)[2]를 옮겨 나와 모친께 뵈오니, 묘혜 보매 용모의 상쾌하고 기이함이 짐짓 관음보살이 인간 세상에 내려오신 듯한지라. 심중에 놀라 헤오되,

'진세(塵世)[3]에 어찌 이런 사람이 있으리오!'

하고, 즉시 합장배례하여 가로되,

"소승이 사 년 전에 소저께 뵈었더니 능히 기억하시나이까?"

소저가 얼굴을 들어 답하기를,

"어찌 잊었으리오."

부인이 소저에게 가로되,

"이 대사(大師)가 멀리 와서 네 필체로 관음찬을 구하니, 네 능히 지을쏘냐?"

소저 대답하기를,

"소저의 어리석은 재주로 어찌 감당하오리까? 하물며 여자가 시부(詩賦)를 짓는 것은 옛 사람이 경계하는 바라, 아무리 대사의 청이오나 어려울까 하나이다."

묘혜 다시 부탁하여 가로되,

"소승이 구하는 바는 원래 시문이 아니라 관음 화상에 마땅한 높은 글을 얻어 그 공덕을 찬양하고자 하옵는데, 관음은 여자의 몸인 고로 꼭 여자의 문필을 받아야 마땅히 맑고 깨끗하리니 많은 여자 중에 소저 아니면 능히 이 글을 지을 이 없으니, 바라건대 소저는 물리치지 마소서."

이 말을 듣고 부인이 가로되,

"네 재주 맞지 못하면 말려니와, 그 글은 이로움이 없는 문자와

1) 목이나 팔에 두르는 구슬을 꿰어 만든 장식품.

다르니 아무거나 지어 보려무나."

묘혜 한 족자를 드리거늘, 부인과 소저 받아 펼쳐 보니 바닷물결이 막힘 없이 기운찬 외로운 섬 중에서 관음보살이 흰옷을 입고 머리도 빗지 아니하고, 영락(瓔珞)[1])도 없이 한 동자와 더불어 대숲을 헤치고 앉아 계신 그림이라. 화법이 기묘하여 짐짓 살아 있는 듯하거늘, 소저 가로되,

"내 배운 바는 오직 유가(儒家)의 글이요 불서(佛書)는 모르나니, 비록 짓고자 하나 대사의 존안에 차지 못할까 걱정이옵니다."

묘혜 가로되,

"소승이 들으매 푸른 연잎과 흰 연꽃이 빛은 비록 다르나 뿌리는 한 가지요, 공부자와 석가여래의 도는 비록 다르나 성인인즉 한 가지라 하니, 소저 비록 불서를 모르시나 유가의 글로써 보살을 찬송하시면 더욱 좋을까 하나이다."

소저 이에 손을 씻고 족자를 걸고 분향한 후 머리 숙여 절을 한 다음 공경히 앞에 나아가 채필을 빼어 관음찬 수백 자를 가늘게 족자 위에 쓰고, 그 끝줄에 쓰되, '모 연월일에 사씨 정옥이 재배서라' 하였더라.

묘혜 또한 글을 아는 고로 소저의 문장 필법을 크게 칭찬하며, 부인과 소저에게 무수히 사례하고 돌아가더라.

이때에 유공이 두 부인과 더불어 묘혜를 기다리더니, 묘혜 돌아와 웃으며 족자를 드리거늘, 공이 물어 가로되,

"사 소저의 재주와 용모가 과연 어떠하더뇨?"

묘혜 대답하여 가로되,

"족자 가운데 사람과 같더이다."

하고 인하여 사 급사 부인과 소저의 문답을 자세히 고하니, 공이 크게 기꺼하여 가로되,

"사가의 여자 그 재주와 어진 행실이 과연 보통 사람이 아니로다."

하고 족자를 걸고 보니, 필법이 정교하고도 아주 묘하여 한 곳도 구차함이 없고 온화 유순한 덕행이 글씨에 나타나니, 공과 두 부인이 칭찬함을 마지아니하고, 글을 보매 그 글에 하였으되,

'관음은 옛적 성인이라. 그 덕행이 주나라 태임과 태사[1]와 같도다. 관저와 갈담[2]이 부인이 할 일인즉 외로이 공산에 있음은 본의가 아니라. 고요와 직설[3]은 세상이 돕고 백이와 숙제[4]는 주려 죽었으니, 그 도(道)는 같지만 처지가 다름이라. 내 화상을 보

---

1) 태임은 주나라 문왕의 어머니요, 태사는 무왕의 어머니로서 둘 다 모두 부녀자로서 지녀야 할 어질고 너그러운 덕행이 높았다고 함.
2) 〈관저〉·〈갈담〉은 《시전》의 장(章) 이름으로, 특히 〈갈담〉은 후비의 본마음을 나타낸 것이라고 함.
3) 고요는 중국 순임금 때의 옥관장, 직과 설은 요·순 때의 유명한 신하.
4) 백이와 숙제는 형제 사이로, 중국 은나라 때 세상 밖에 나서지 않고 조용히 묻혀 산 선비. 무왕이 은나라를 치려는 것을 말리다가 듣지 않으므로 주나라의 곡식 먹기를 부끄럽게 여겨 수양산에 들어가 고사리를 캐어 먹고 살다가 굶어 죽음.
5) 불교에서 이르는 말로, 생겨나지도 죽어 없어지지도 않는 경지를 이름.

건대, 흰옷을 입고 아이를 안았도다. 그림을 인연하여 그 위인을 대강 알리로다. 옛날 절개가 굳은 부인은 머리카락을 자르고 목숨을 버려 세상과 인연을 끊고 오직 의리를 취하였거늘, 세속 사람들은 부처님 글을 잘 알지 못하고 한갓 거짓말하기를 좋아하니 윤리와 기강에 해로움이 있도다. 슬프다, 관음보살은 어찌하여 여기 계신고? 외로운 섬, 대숲에 바닷물결이 만리로다. 극진한 공부, 윤회에 벗어나고 어진 덕이 세상에 비치니, 억만창생이 뉘 아니 공경하리오? 만고에 그 이름이 불생불멸(不生不滅)[5]하니 거룩한 그 덕을 붓으로 찬양하기 어렵도다.'

공과 두 부인이 보기를 마치고 크게 칭찬하여 가로되,

"필법과 문장이 이렇듯 기묘하니 재덕이 겸비함을 이로 좇아 알지라. 과연 매파의 칭찬하던 말이 헛된 말이 아니로다. 누구를 시켜 서로 혼인을 맺을꼬?"

두 부인 가로되,

"바삐 주파를 보내 통혼하소서."

공이 옳다 여겨 즉시 주파를 불러 사가에 청혼할새, 공이 주파에게 가로되,

"내 사 소저의 덕행을 이미 알았으니, 너는 그곳에 가서 통혼하여 허락을 받아 오면 큰 상을 주리라."

주파 명령을 주의 깊게 듣고 사부(謝府)로 향하더라. 원래 사 소저는 사후영의 딸이라. 후영, 본디 청렴 강직하더니 조정에서

소인들이 작란함을 분히 여겨 여러 번 상소하다가 도리어 간신의 모략을 입고 소주 땅에 귀양을 갔다가 마침내 돌아오지 못하고 그곳에서 돌아가니, 부인이 천만 가지 설움을 참고 소저를 데리고 고향 본댁에 돌아와 세월을 보낼새, 소저가 모친을 지성으로 봉양하니 부인이 여아의 장성함을 보매 그 출가할 때가 당하였으되, 혼사를 주관할 이 없음을 근심하더니, 이날에 매파 들어와 당하에 문안하고 소저의 용모 자색을 칭찬하며 가로되,

"소인이 이제 유 상공의 명령을 받자와 귀 소저와 혼인을 이루고자 왔사오니, 유 한림은 소년 등과하여 벼슬이 한림학사에 이르옵고 소년 풍채와 문장 재덕이 일세를 제압하오니, 짐짓 귀 소저와 하늘이 맺어 준 연분인가 하나이다."

부인이 진작부터 유 한림의 풍채 출중함을 들었으므로 못내 기꺼하여 한번 소저와 의논해 보고 허락하려고 주파는 잠깐 머물게 하고 친히 소저의 방으로 가서 매파가 하던 말을 전한 뒤에 가로되,

"나는 이미 혼인을 허락하고자 하거니와 네 생각은 어떠하냐?"

소저 대답하여 가로되,

"유 상공은 당대의 어진 재상이라 더불어 사돈 관계를 맺음이 옳지 않다 할 것이 없사오나 제가 듣자오매 '군자는 덕을 귀히 여기고 색을 천히 여긴다' 하였거늘, 이제 주파의 말을 듣건대 먼저 그 자색을 일컫는 것이 마땅치 않을 뿐 아니라 다만 저희 집 부귀

만 자랑하고 선친의 청렴하고 고결한 덕행을 일컬음이 없사오니, 이것은 주파가 예절이 없는 탓에 그릇 전함이라 함은 말할 것 없거니와, 만일 유공의 뜻이 그렇다 하면 유공의 어진 이름은 헛된 소문에 불과하오니, 소녀 그 집으로 출가함을 원하지 않나이다."

부인이 소저의 뜻을 어기기 어려워 나와 주파에게 소저의 어림을 핑계로 혼인을 허락하지 아니하니, 주파 무료(無聊)히 돌아와 사실을 고하거늘, 공과 두 부인이 섭섭히 여기다가 주파에게 물어 가로되,

"네 가서 무엇이라 하였느냐?"

주파 말한 대로 일일이 고한대, 공이 듣고 깨달아 가로되,

"내 됨됨이가 어설퍼 주파를 잘못 가르쳐 보냈으니, 너는 돌아가라."

하고, 이튿날 공이 친히 신성현에 가서 관원을 보고 가로되,

"내 사씨와 사돈 관계를 맺고자 하여 매파를 보냈더니 그 회답이 여차여차하고 혼인을 허락하지 아니하니, 이는 매파가 말을 잘못한 소치입니다. 이제 선생이 나를 위하여 사가에 한번 행차하심을 사양하지 마소서."

관원이 대답하여 가로되,

"선생의 가르치심을 어찌 듣지 아니하리오."

공이 일러 가로되,

"다른 말은 하지 말고 오직 사 급사의 청렴하고 고결한 덕행을

흠모하여 구혼하노라 전하오면 반드시 허락하리이다."

관원이 유공을 관사에 머물게 하고 친히 사가에 나아가 성명을 통하니, 부인이 혼사로 옴을 짐작하고 객당(客堂)을 정히 쓸고 종으로 하여금 관원을 맞아 좌〔앉을자리〕를 정하고, 주과(酒果)를 정비하여 대접하고 시비로 전갈하여 가로되,

"이와 같이 누추한 곳에 왕림하오셔 외로움을 위문하시니 저희 집안의 영광이로소이다."

관원이 공경하여 듣기를 다하고 전갈하여 가로되,

"소관이 귀댁을 방문함은 다름이 아니라, 귀부 소저의 혼사를 중매하고자 함이옵니다. 그전 이부시랑 참지정사 유공이 영애(令愛)[1] 소저가 부덕(婦德)을 겸비하고 자색이 출중함을 듣고 기특히 여길 뿐 아니라 돌아가신 사 급사의 청렴 정직함을 항상 공경하여 우러르매 그 여아의 재덕은 묻지 않아도 가히 알 수 있음이라 하여 귀부 소저로 며느리를 삼고자 하오며, 유공의 아들은 장원 급제하여 벼슬이 한림에 이르옵고 천자의 총애 극진하오니 사람마다 사위를 삼고자 하는 바이오나, 유공이 모두 물리치고 귀부 소저의 명성을 들은 후 저로 하여금 청혼하옴이니, 바라건대 때를 잃지 말으시고 허락하시면 내 돌아가 유공께 뵈올 낯이 있

을까 하나이다."

부인이 다시 전갈하여 가로되,

"용렬하고 어리석은 여식이 재덕이 부족하고 용모 취할 것이 없거늘, 성주께서 이렇듯 친히 이르러 계시니 내 어찌 사양하리 잇고? 돌아가 혼인을 쾌히 허락함을 이르소서."

관원이 크게 기뻐하여 이에 돌아와 유공에게 사 급사 댁에 나아가 한 말과 부인의 혼인을 허락한 말을 고하니, 유공이 좋아 날뛰며 관원의 수고함을 칭찬하고 본부로 돌아와 두 부인에게 이 말을 전하고 즉시 날을 잡으니, 길일이 앞으로 한 달이 격한지라. 유공이 사 급사의 청렴 정직하여 가세 빈한함을 아는 고로 빙폐(聘幣)[2]를 후히 하고 다만 최 부인이 보지 못함을 마음에 못내 슬퍼하더라. 이러구러 길일이 다다르니 양가에서 큰 연회를 배설(排設)[3]하고 성친(成親)하매 참으로 그윽하게 아리따운 숙녀는 군자의 좋은 짝이라 하겠더라. 부인이 신랑의 신선 같은 풍채를 사랑하여 여아의 짝이 가작함을 즐기는 중, 급사의 보지 못함을 생각하고 섭섭한 눈물이 나삼(羅衫)에 얼룩지더라. 신랑이 가마에 오르기를 재촉하여 본부(本府)로 돌아와 신부 폐백을 받들어 시아버지께 나오매 공과 두 부인이 신부를 보고 용모 아름다움은 말할 것도 없고 현숙한 덕성이 외모에 나타나니, 공이 기뻐함을 이기지 못하여 두 부인을 돌아보며 가로되,

"내 며느리는 참으로 태임과 태사의 덕이 있을지라. 어찌 세속

사씨남정기

23

여자에 비할 바리오?"

하고, 인하여 시녀를 불러 작은 상자를 가져오게 하여 그 속에 든 보경일좌(寶鏡一座)와 옥지환 한 쌍을 내어 신부에게 주어 가로되,

"이 물건이 비록 분수에 넘쳐 비웃을 만하나 우리 집 대대로 내려오는 보물이라. 내 지금 신부를 보니 맑기가 거울 같고 덕이 옥 같으므로 이로써 내 정을 표하노라."

사씨 일어나 절하고 받으니라.

사씨, 이로부터 효도를 다하여 시아버지를 받들고, 공순함으로써 군자를 섬기고, 정성으로써 제사를 받들고, 은혜로써 비복을 부리니 규문(閨門)[1]이 옹옹(雍雍)하고 화기가 애애하더라.

하루는 유공이 우연히 병을 얻어 날마다 짙어 가니, 한림 부부 밤낮으로 약시중을 들되 백약이 무효한지라. 공이 다시 일어나지 못할 줄 알고, 이에 두 부인을 청하여 길이 탄식하여 가로되,

"나는 지금 죽을지니 현매(賢妹)는 너무 슬퍼 말고 천만보중(千萬保重)하여 집안일을 책임지고 맡아 하되 그릇됨이 없게 하라."

하고 또 한림의 손을 잡고 가로되,

"너는 마땅히 부부 서로 의논해 하고 고모의 가르침을 내 말과

1) 부녀자가 거처하는 안방. 규중.
2) 남의 가문이나 집을 높여 이르는 말.

같이 알고 학문에 힘쓰고 충성을 다하여 집안의 명성을 떨어뜨리지 말지어다."

또 사씨에게 일러 가로되,

"현부의 아리땁고 얌전한 덕행은 이미 감복한 바라. 다시 무엇을 부탁하리오."

세 사람이 눈물을 흘리고 병이 낫기를 축원하더니 이날 밤에 공이 엄연 별세하니, 한림 부부 애통함이 비할 데 없고, 두 부인 또한 호천애통하더라. 어느덧 장일(葬日)을 당하매 영구를 모셔 선영 앞에 안장하고, 세월이 흘러 삼년상을 마치고, 한림이 천자의 명령을 받자와 조정에 나아가 소인을 배척하고 몸가짐을 강직하게 하니, 천자께서 사랑하사 벼슬을 돋우고자 하시나 승상 엄숭이 꺼려 저허하므로 여러 해가 되도록 직품(職品)이 오르지 못하더라.

유 한림의 부부 된 지 벌써 십 년이 넘고 나이 거의 삼십에 가까웠으나 다만 자녀가 없으니, 부인이 깊이 근심하여 한림을 대하여 탄식하여 가로되,

"첩이 기질이 허약하여 생산할 여망이 없삽고 많은 불효 가운데 자손 없는 것이 가장 크다고 하오니, 첩의 자식 없는 죄는 존문(尊門)[2]에 용납하지 못할 것이오나 상공의 넓으신 덕택을 입사와 지금까지 버티옵거니와, 생각하건대 상공이 누대 독신으로 유씨 종사의 위태함이 급하온지라. 원컨대 상공은 첩을 괘념치 마

시고 어진 여자를 택하여 농장지경(弄璋之慶)[1]을 보시면 문호(門戶)의 경사 적지 않고, 첩 또한 죄를 면할까 하나이다."

한림이 웃어 가로되,

"어찌 한때 자식 없음을 한탄하여 첩을 얻으리오. 첩을 얻음은 집안을 어지럽히는 근본으로, 부인은 어찌 화를 스스로 취하려 하시느뇨? 이는 만만부당하여이다."

사씨 대답하여 가로되,

"재상가의 일처일첩은 예전부터 있는 일이옵고, 또 첩이 비록 덕이 없사오나 세속 부녀의 투기하는 것은 더러이 아는 바이오니, 상공은 조금도 염려하지 말으소서."

하고 가만히 매파를 불러 그럼직한 양가 여자를 구하니, 두 부인이 이 말을 듣고 크게 놀라 사씨에게 가로되,

"그대, 질아(姪兒)[2]를 위하여 첩을 구한다더니 과연 그런 일이 있는가?"

사씨 대답하여 가로되,

"있나이다."

두 부인이 가로되,

"집안에 첩을 두는 것은 화를 취하는 근본이라. 속담에 이르기

1) 《시전》에서 나오는 말로, 아들을 낳은 경사를 뜻함.
2) 조카.

를 '한 말에 두 안장이 없고 한 밥그릇에 두 술이 없다' 하니, 군자 비록 얻으려 하더라도 굳이 그 불가함을 간할 것이거늘, 이제 화를 스스로 취함은 어찌함이뇨?"

사씨 가로되,

"첩이 존문에 들어온 지 벌써 십 년이 지났으되 아직 혈육이 없사오니, 옛 법으로 말하오면 군자의 버린 바 되더라도 두말을 하지 못할지어늘, 어찌 감히 첩 둠을 꺼리리까?"

두 부인이 가로되,

"자녀를 생산함은 이름과 늦음이 없나니, 두씨 문중에도 삼십 뒤에 생산하여 아들 다섯을 낳은 일도 있고, 또 세상에는 사십이 지난 뒤에 비로소 첫 아이를 낳는 이가 많나니, 그대의 나이 아직 삼십이 멀었으니 너무 염려하지 말지어다."

사씨 가로되,

"첩은 기질이 허약하여 생산할 가망이 없사오며, 또한 도리로써 말할지라도 일처일첩은 남자의 떳떳한 일이라. 첩이 비록 태사 같은 덕은 없사오나 세속 부녀들의 투기함은 본받으려 하지 않나이다."

두 부인이 웃어 가로되,

"태사, 비록 투기하지 않는 덕이 있었으나 문왕의 치우치지 아니한 은혜와 사랑에 감복하여 모든 첩들이 원망이 없었거니와, 만일 문왕 같은 덕이 없었으면 태사 같은 부인일지라도 어찌 교화(敎化)를 베풀 곳이 있었으리오. 더욱이 고금이 때가 다르고 성인과 범인의 길이 다르거늘, 한갓 투기하지 아니함으로써 태사를 본받으려 하니, 이는 헛된 이름을 탐하여 화를 면하지 못할까 하노니 그대는 깊이 생각하라."

사씨 가로되,

"첩이 어찌 감히 옛적 성인을 바라리까마는 세속 부녀들이 인륜을 모르고 질투를 일삼아 집안의 규율을 문란하게 하는 이가 많음을 한탄하는 바이오니, 첩이 비록 용렬하오나 어찌 이런 행실을 하리까? 그리고 군자 만일 몸을 돌아보지 않고 여색(女色)에만 정신을 잃으오면 첩이 정성을 다하여 간하고자 하나이다."

두 부인이 만류하지 못할 것을 짐작하고 탄식하여 가로되,

"장차 들어올 사람이 양순한 여자거나 군자 간하는 말을 잘 들으면 그만이거니와, 그 사람이 좋은 사람이 아니고 사나이 마음이 한번 그쪽으로 기울어지면 다시 돌리기가 어려우리니, 그대는 이 후 내 말을 생각하고 뉘우침이 없게 하라."

하고, 크게 낙담해 마지않더라. 이튿날 매파가 들어와 사씨께 여쭈되,

"어느 곳에 한 여자 있사오나 아마 부인의 구하는 바에 너무나 과할 듯하나이다."

사씨 가로되,

"무슨 말이냐?"

매파 가로되,

"부인의 구하시는 바는 부녀자로서 어질고 너그러운 덕행이 있고 생산을 잘 하오면 그만이거늘, 이 사람은 그렇지 아니하여 용모 자색이 출중하오니 부인의 뜻에 합당하지 못할까 하나이다."

사씨 웃어 가로되,

"매파는 남의 마음을 떠보지 말고 자세히 말하라."

매파 가로되,

"그 여자의 성이 교씨요, 이름은 채란이라 하며 하간부(河間府)에서 나고 자란 사람이라. 본디 벼슬하는 집 딸로서 일찍 부모를 여의고 그 형의 집에 의탁해 있는데, 지금 나이 열여섯이라 하옵니다. 제 스스로 말하기를 가난한 선비의 아내가 되느니보다 공후 부귀한 집안의 첩이 되는 것이 좋다 하오며, 그 자색의 아름다움은 한 고을에 으뜸이요, 바느질과 길쌈질도 모를 것이 없사오니, 부인이 만일 상공을 위하여 첩을 구하실진대 이보다 나은 이가 없을까 하나이다."

사씨 크게 기뻐하여 가로되,

"본디 벼슬하던 사람의 딸이면 그 행실이 반드시 무지한 천인과 다를 것이니 가장 적당하도다. 내 상공께 말해 보리라."

하고, 이에 한림에게 매파의 하던 말을 전하고 데려오기를 권하니 한림이 가로되,

"내 첩 둠이 그리 급하지 아니하나 부인의 호의를 저버리기 어

려우니, 마땅히 날을 잡아 데려오리라."

이에 친척을 모시고 교씨를 맞아 올새, 교씨 한림과 부인께 절하고 좌에 앉으니 얼굴이 아름답고 거동이 가뿐하여 해당화 한 송이가 아침 이슬을 머금고 바람에 나부끼듯 하매 모두 칭찬하지 아니할 이 없으되, 오직 두 부인만 기꺼하지 않더라. 이날 밤에 교씨를 화원 별당에 머물게 하고 한림이 들어가 밤을 지낼새, 두 정이 매우 흡족하더라.

이튿날 두 부인이 사씨와 더불어 말할새, 두 부인이 가로되,

"그대 소실 두기를 권할진대 마땅히 마음이 곧고 부지런한 사람을 구할 것이어늘, 이렇듯 절대가인(絶代佳人)을 데려왔으니, 아마 그 성품이 불량하여 그대에게만 이롭지 못할 뿐 아니라 유씨 가문에 화가 있을까 두려워하노라."

사씨 가로되,

"옛날 위장강은 고운 얼굴과 재치 있는 웃음으로 착한 덕이 가작(佳作)하였으니, 어찌 절대가인이라고 모두 어질지 아니하리까?"

두 부인이 가로되,

"장강이 비록 어지나 자식을 두지 못하였나니라."
하고, 서로 웃더라.

한림이 교씨의 거처하는 집 이름을 고쳐 백자당이라 하고 시비 납매 등 사오 인으로 모시게 하니, 온 집안이 모두 교 낭자라 일

컨더라.

　교씨, 총기가 있고 명민하여 한림의 뜻을 잘 맞추며 사씨 섬김을 극진히 하니 집안 사람이 모두 칭찬하더니, 반년이 채 가지 못해서 교씨 잉태하매 한림과 부인이 못내 기꺼하는지라. 교씨, 행여나 아들을 낳지 못할까 염려하여 점쟁이를 불러다 물으니, 혹은 아들이라 하고 혹은 딸이라 하며, 또 말하기를 아들을 낳으면 오래 살지 못하고 딸을 낳으면 장수 유복하리라 하니, 교씨 더욱 염려함을 마지아니하더라. 시비 납매 그것을 알고 교씨에게 이르되,

　"이 동리에 한 여자 있으되, 부르기를 십랑이라 하며 본디 남방 사람으로 이곳에 임시로 살았는데, 재주가 비상하여 모를 것이 없사오니 이 여자를 불러 물으소서."

　교씨, 이 말을 듣고 크게 기뻐하여 곧 십랑을 불러 물어 가로되,

　"네 능히 태중에 들어 있는 아이의 남녀를 분간하여 알아낼쏘냐?"

　십랑이 대하여 가로되,

　"소녀, 비록 재주가 능하지 못하오나 태중에 든 아이의 남녀를 분간하는 방법이 있사오니 잠깐 진맥하옴을 청하나이다."

　교씨, 이에 팔을 걷고 맥을 보라 하니, 십랑이 손을 짚어 맥을 본 뒤 말하되,

"이는 분명히 여아를 낳을 맥이로소이다."

교씨 크게 놀라 가로되,

"상공, 나를 취하심은 한갓 색을 취하심이 아니라 아들을 낳기 위하심이거늘, 내 만일 딸을 낳으면 아니 낳음만 같지 못하니, 이를 장차 어찌하리오?"

십랑이 가로되,

"천인이 일찍이 산중에 들어가 이인(異人)을 만나 복중에 든 여아를 변하게 하여 남아를 만드는 술법을 배워서 여러 사람에게 시험하매 백발백중하여 맞지 아니한 적이 없으니, 낭자 만일 남자를 원하실진대 어찌 이런 묘한 법을 시험하지 아니하시나이까?"

교씨, 이 말을 듣고 크게 기꺼하여 가로되,

"만일 이러한 술법이 있을진대 어찌 시험하지 않으리오. 만일 성공만 하면 천금을 아끼지 않으리라."

십랑이 가장 어려운 빛을 보이며 허락하고 이에 지필묵을 청하여 부적 여러 장을 쓰고 기괴한 일을 많이 베풀어 교씨의 방 안과 자리 밑에 감추고 교씨에게 이르되,

"이 뒤에 와서 아들을 낳으신 경사를 축하하리이다."

하고 돌아가니라.

1) 책상.

세월이 여류하여 열 달이 차매, 교씨 과연 순산하여 남아를 낳으니 얼굴 모양이 맑고 깨끗하며 기질이 기이한지라. 한림과 사씨의 기쁨은 말할 것도 없고 말과 비복들까지 서로 치하하더라. 교씨 아들을 낳으매 한림의 대접이 더욱 두터워서 사랑이 비할 데 없으므로 백자당을 떠날 날이 없으며, 아이의 이름을 장주라 하고 장중 구슬같이 어루만지며, 사씨 또한 사랑함이 극진하여 조금도 자기가 낳은 자식과 다름이 없으니 집안 사람들도 그 아이를 누가 낳은지 알지 못할 정도더라.

때는 정히 늦봄이라. 동산에 백화가 만발하여 그 아름다운 경치가 가히 구경함직한지라. 한림은 천자를 모시고 서원(西苑)에서 잔치를 배설하여 아직 집에 돌아오지 아니하고, 이때 사 부인이 홀로 서안(書案)[1]에 의지하여 옛글을 보매 시녀 춘방이 여쭈오되,

"화원 정자에 모란꽃이 만발하였으니 한번 구경하옴직하온지라. 상공이 아직 조당〔조정〕에서 돌아오시지 아니하시니, 한번 화원에 가셔서 꽃을 구경하소서."

사 부인이 기뻐하여 즉시 책을 덮고 의상을 떨치고 시녀 오육 인을 데리고 연보를 옮겨 정자에 이르니, 버들 그늘이 난간을 가리우고, 꽃향기는 연못에 젖었고, 화원 안이 가장 고요하여 정히 구경함직한지라. 사 부인이 시비에게 명하여 차를 마시고 교씨를 청하여 같이 춘색을 구경하려 하더니, 문득 바람결에 거문고 타는 소리가 은은히 들리거늘 괴이히 여겨 귀를 기울여 자세히 들

으니, 거문고 소리가 맑고 깨끗하여 진주 옥반에 구르는 듯 능히 사람의 마음을 감동하게 하는지라. 부인이 좌우에게 물어 가로되,

"괴이하다, 이 거문고를 뉘 타는고?"

시비 대답하여 가로되,

"거문고의 소리가 교 낭자의 침소로부터 나는가 싶사외다."

사 부인이 믿지 아니하여 가로되,

"음률은 여자의 할 바 아니라. 교 낭자 어찌 이러할 리 있으리오. 듣는 것이 보는 것만 못하니, 너희는 모름지기 그 소리 나는 곳을 좇아가서 자세히 알고 오라."

시비, 부인의 명을 듣고 소리가 나는 곳을 좇아가니 과연 백자당으로부터 나는지라. 이에 가만히 문 밖에서 엿보더니, 교 낭자가 상에 온갖 음식을 차려 놓고 섬섬옥수로 거문고를 희롱하며 한 미인이 화려한 의복을 입고 앉아 노래를 부르거늘, 시비 자세히 보고 곧 돌아와 사 부인께 고하니 부인이 크게 놀라 가로되,

"교 낭자, 어느 사이에 거문고를 배웠으며 또 노래 부르는 미인은 어떠한 사람인고? 내 한번 불러 자세히 물어 그 진위를 안 후에 좋은 말로 경계하여 다시 그런 행사를 하지 못하게 하리라."

하고, 이에 시비에게 명하여 교 낭자를 불러오라 하니, 시비 나아

---

1) 조선 시대에, 별궁·본곁·종친 사이의 문안 편지를 전달하던 여자 종.

가니라.

이때 교 낭자는 십랑의 공에 힘입어 한림의 사랑을 낚으려 하여 두루 예방을 하고, 음률을 배워 한림을 농락하고자 할새, 십랑이 교 낭자를 향하여 가로되,

"낭자, 이제 한림의 사랑을 더 받고자 하면 거문고와 노래는 장부의 맘을 혹하게 하는 것이니, 이제 거문고 잘 타는 사람을 구하여 스승을 삼아 배움이 마땅할까 하나이다."

교 낭자 크게 기뻐하여 가로되,

"내 또한 그 마음이 있으되 스승을 만나지 못하야 한탄하노라."

십랑이 가로되,

"내 일찍이 거문고에 익숙한 동무가 있으니, 이름은 가랑이옵니다. 거문고 타기와 노래 부르기를 잘하니, 가랑을 청하여 배움이 어떠하오이까?"

교 낭자, 가장 좋이 여겨 바삐 불러오기를 청하니 십랑이 즉시 사람을 부려 가랑을 부르니, 원래 이 가랑은 하방(下房) 계집으로 온갖 노래와 거문고를 타는 데에 유명하게 잘하는지라. 이에 부름을 듣고 크게 기뻐하여 비자(婢子)[1]를 따라 교 낭자의 침소에 이르러 서로 사귀매, 뜻이 자연 합하여 교 낭자는 가랑으로 스승을 삼고 가곡(歌曲)을 배우니, 교 낭자는 본디 영리하고 총명한 여자라 배우기를 시작하매 일취월장하여 음률에 모를 것이 없는지라.

가랑을 곁방에 감추고 한림이 조당에 들고 없는 때면 가랑을 청하여 가곡 음률을 배우고, 한림이 집에 있으면 노래와 거문고 소리로 한림을 농락하니, 한림이 교씨 사랑함이 날로 더하고 사 부인의 침소는 날로 멀어지더라.

이때 교 낭자가 한림이 입번(入番)하고 집에 없는 고로 이제 가랑을 청하여 술잔을 갖추어 놓고 술을 부어 잔을 들어 즐기며 거문고와 노래로 서로 화합하더니, 문득 시비 이르러 사 부인의 명을 전하고 가기를 재촉하니, 교 낭자 바삐 술상을 치우고 시비를 따라 화원에 이르니, 사 부인이 좋은 낯으로 좌를 주어 앉히고 그 미인이 어떤 계집임을 물으니, 교 낭자 이에 대하여 가로되,

"그 여자는 제 사촌 아우올시다."

하니, 사 부인이 정색하여 가로되,

"여자의 행실은 출가하면 시부모 봉양과 군자 섬기는 여가에 자식을 엄숙히 가르치고 비복을 은혜로 부리나니, 여자가 음률을 행하고 노래로 소일하면 가도가 자연히 어지러워지나니, 그대는 깊이 생각하여 두 번 다시 그런 데에 나아가지 말고, 그 여자를 집으로 보내고 내 말을 허물하지 말라."

교씨 대하여 가로되,

1) 애틋하고 간절한 마음속.
2) 남편이 아내에게 자기 자신을 이르는 말.

"배움이 적고 허물을 깨닫지 못하옵더니, 부인의 경계하시는 말씀을 듣자오니 말씀이 옳은지라. 각골명심하리이다."

사 부인이 재삼 위로하여 가로되,

"내 낭자를 사랑하므로 심곡(心曲)[1]을 숨기지 않고 다 일렀으니 명심하고, 후에 내가 허물이 있거든 낭자 또한 일러 깨닫게 하라."

하고, 인하여 더불어 종일토록 담소하여 즐기다가 저물게야 파하니라.

사씨남정기

이때 유 한림이 서원에서 잔치를 파하고 백자당에 이르러 술이 취하여 잠을 이루지 못하고 난간에 비겨 원근을 바라보니, 월색은 낮 같고 꽃향기는 무르녹으니 취흥이 발작하는지라. 교씨를 명하여 노래를 부르라 하니 교씨 가로되,

"바람이 차매 몸이 아파 노래를 부르지 못하겠소이다."

하고 굳이 사양하니, 한림이 가로되,

"여자의 도리는 가부(家夫)[2]가 죽을 일을 하라 하여도 반드시 명을 어기지 못하거늘, 이제 네 병을 핑계로 응하지 않으니 어찌 여자의 도리이리오."

교씨 가로되,

"첩이 아까 심심하기로 노래를 불렀더니 부인이 듣고 불러 책하시되, '요망한 노래로 집안을 요란하게 하고 상공의 마음을 흐리게 하니, 네 만일 이후에 또 노래를 부르면 내게 혀를 끊는 칼

도 있고 벙어리 만드는 약도 있나니 삼가 조심하여라' 하시니, 첩
이 본디 빈한한 집 자식으로 상공의 은혜를 입사와 부귀영화가
이와 같사오니 비록 죽어도 한이 없겠나이다. 만일 첩으로 말미
암아 상공의 높은 덕에 흠이 되면 어찌하오리까?"

한림이 크게 놀라고 내심에 생각하되,

"제 상(常)해 투기하지 않겠노라 하고, 또 교씨 대접하기를 후
하게 하여 한 번도 모자라는 일이 없더니, 이제 교씨의 말을 들으
니 가내에 무슨 연고가 있도다."

하고, 교씨를 위로하여 가로되,

"너를 취함이 다 부인의 권한 바요, 일찍이 부인이 너 대접하기
를 극진히 하여 한 번도 낯빛이 변함을 보지 못하였으니, 이는 아
마 비복들이 거짓말을 꾸며 만듦이라. 부인은 본디 유순하니 결
코 네게 해로움이 없을지니 너는 부질없는 염려를 하지 말고 안
심하라."

교 낭자 내심에 불평 불만이 있어 마음이 시뚱하나 하릴없이 사
례할 뿐이더라. 흔한 말에 이르기를, "호랑이를 그리매 뼈를 그리
기 어렵고 사람을 사귀매 그 마음을 알기 어렵다" 하니, 교씨 교
묘한 말과 아리따운 빛으로 외모 공순하매 사 부인이 교씨 안과
밖이 다름을 어찌 알리오. 예사 사람으로 알고 다만 음탕한 노래

1) 묶어서 한 덩어리로 만든 것. 물건과 물건을 잇는 마디.

가 장부의 마음을 어지럽게 할까 염려하여 교씨를 진심으로 경계함이요 조금도 투기함이 아니거늘, 교녀 문득 한을 품고 교묘한 말을 지어 집안에 재앙을 빚어내니, 교녀의 요사스럽고 간악함이 여차하도다.

하루는 납매가 사 부인 시비들과 같이 놀다가 들어와 교씨에게 일러 가로되,

"시방 추향의 말을 듣건대 부인께서 태기 계신 듯하다 하더이다."

교씨 이 말을 듣고 크게 놀라 가로되,

"성친한 후 십 년이 지나서 잉태함은 참 희한한 일이로다. 혹시 월사[월경]가 불순하셔서 그런 소문이 난 것이나 아닌가?"

하고, 겉으로는 아무렇지도 않은 체하나 속으로 생각하기를,

'사씨가 정말 잉태하여 아들을 낳고 보면 나는 쓸데없이 될 것이니, 이 일을 어떻게 하면 좋단 말이냐?'

하고, 혼자 애를 태우는 동안에 사 부인의 태기 확실해지니, 온 집안이 모두 기뻐하되 교씨 혼자 시기하는 마음을 참지 못하여 즐거워하지 아니하며 납매와 동[1]을 짜고 낙태할 약을 여러 번 사 부인 먹는 약에 타서 드렸으나 어쩐 일인지 부인이 그 약만 마시면 구역이 나서 토해 버리니, 이는 천지신명이 도우심이라 간악한 수단을 쓸 도리가 없더라.

부인이 만삭이 되어 아들을 낳으니 골격이 비범하고 신체가 뛰

어난지라, 한림이 크게 기뻐하여 이름을 인아라고 지었다. 인아,
차차 자라 장주와 같이 한곳에서 놀되 비록 어리나 씩씩한 기상
이 장주의 가냘프고 약함과는 현저히 다른지라. 한림이 한 번 밖
에서 들어오다가 두 아이의 노는 것을 보고 먼저 인아를 안고 어
루만져 가로되,

"이 아이의 이마 흡사히 선인을 닮았으니, 장래 반드시 우리 가
문을 빛나게 하리로다."

하고 내당으로 들어갔더니, 장주 유모 들어와서 교씨께 고하여
가로되,

"상공이 인아만 안아 주고 장주는 돌아보지도 않더이다."

하고, 인하여 눈물을 흘리니 교씨 또한 애를 태워 가로되,

"내 용모와 자질이 모두 사씨에게 미치지 못하고 더욱이 처와
첩의 하는 행동거지가 현저하게 다르건마는 다만 나는 아들이 있
고, 저는 아들이 없기 때문에 상공의 은총을 받아 왔거니와 지금
은 저도 아들을 낳았으니 그 아이 이 집 주인이 될 것인즉, 내 아
들은 쓸데없는 군것에 불과한지라. 부인이 비록 좋은 낯으로 나
를 대하나 그 심장은 알 수 없으니 만일 부인의 간새로 상공의 마
음이 변한즉 내 전정은 어떻게 될지 알 수 없다."

하고, 다시 십랑을 청하여 의논하니, 십랑은 교씨의 금은 주옥을

1) 맡은 일을 넉넉히 감당해 낼 만한 사람.

많이 받았으므로 드디어 그 심복이 되어서 가만히 교씨의 못된 꾀를 도우고 있더라.

하루는 한림이 조당에서 물러나와 집에 돌아오니 이부 석낭중이란 사람한테서 편지 한 장이 왔으니 그 편지에 하였으되,

"이 동청이란 자는 소주 사람으로 재주 있는 선비로되 운명이 기구하여 일찍이 부모를 여의고 과거도 못하고 외로운 몸이 이곳저곳으로 떠돌다가 어떤 인연으로 소제(少弟)의 집에 와서 잠깐 묵어 지내고 있게 되었삽더니, 소제 마침 외직을 나가게 되매 동청이 이로 좇아갈 곳이 없는지라. 일찍이 들으매 존형께서 서사의 가감지인(可堪之人)[1]을 구하신다 하오니 이 사람이 민첩하고 글씨를 잘 써서 한번 시험해 보시면 그 재주를 가히 짐작하실 듯하와 이에 편지를 주어 뵈옵게 하오니 한번 시험해 보옵소서."

하였더라. 원래 동청은 사대부 집안의 자식으로 조실부모하고 행지무상(行止無常)하여 무뢰배와 결탁하여 주색과 도박을 일삼으매 가업이 탕진하여 생계가 막연한지라.

드디어 고향을 떠나 객지로 나와 권세가 있고 부유한 집안의 식객이 되니, 동청이 천생으로 인물이 잘나고 언변이 좋고 글씨를 잘 쓰므로 처음에는 누구에게든 귀염을 받다가 조금만 지나면 그 집 자제를 유인하고 처첩을 도적하여 마침내 쫓겨나니 도저히 용납하지 못하는지라. 필경 석낭중의 집까지 굴러 와서 지냈는데, 낭중 역시 그 인물의 간악함을 알았으나 이번에 외직으로 떠나게

되매 구태여 그 과실을 드러낼 필요가 없으므로 좋은 말로써 한림께 천거함이라.

한림이 그때 마침 적당한 서사를 한 사람 구하던 터이므로 석낭중의 편지를 보고 즉시 동청을 불러들여서 보매, 의용이 민첩하고 언변이 능수능란한지라. 한림이 크게 기뻐하여 문하에 두고 서사의 소임을 맡기니, 동청이 글씨만 잘 쓸 뿐 아니라 성질이 교활 민첩하여 매사에 뜻을 잘 맞추니, 한림이 크게 미더워하여 일마다 그 말을 좇는지라. 사 부인이 한림께 간하여 가로되,

"첩이 들으니 동청의 위인이 정직하지 못하다 하니 가히 용납하지 못할 일이옵니다. 그전 있던 곳에서도 요악한 짓을 무수히 행하다가 일이 탄로나매 도망하여 떠다니다가 이에 왔으니, 상공은 오래 머물러 두시지 말고 일찍 내보내소서."

한림이 가로되,

"내 이왕 바람결에 이 말을 들었거니와 확실함을 알지 못하고 내 다만 글을 구함이요, 붕우(朋友)의 의(義)는 없나니 그 어질고 아님을 의논하여 무엇하리오."

부인이 가로되,

"상공이 비록 그 사람과 친구는 아니나 부정한 무리와 더불어 같이 있으면 사람을 자연히 그릇 만드나니, 이런 부정한 사람을 집안에 두어 만일 집안의 규율을 요란하게 할진대, 지하에 돌아가신 시부모의 법도를 더럽힘이 있을까 두려워하나이다."

한림이 가로되,

"부인의 말씀이 과연 사리에 맞으나 세속 사람들이 남을 비방함을 좋이 여기나니 오래 두고 보아 잘 조처하리니 부인은 염려하지 말으시고 가중 비복들이나 은혜와 의리로 잘 위로하고 도와주어 집안의 규율이 어지러움이 없게 하소서."

부인이 듣기를 다 마친 뒤에 한림의 말을 괴이히 여기나 교씨가 꾸며 고해 바친 일로 인하여 한림이 의심함인 줄은 모르고 다만 사례하더라.

이로부터 한림은 동청에게 서사를 맡기고 매사를 보아 행하나 동청의 위인이 간사하고 교활한 고로 한림의 뜻을 맞추어 무슨 일이든 잘하니, 한림이 사 부인의 말을 생각하지 아니하고 마음을 놓아 일을 다 맡기더라.

이때 교씨, 사 부인을 시기하여 한림에게 여러 번 헐뜯어서 없는 죄를 꾸며 고해 바치나 모르는 듯하니, 교씨 크게 근심하여 이에 십랑을 청하여 이 말을 하고 사 부인 해할 꾀를 물으니, 십랑이 한참 동안 생각하다가 이에 교녀의 귀에 입을 대고 '여차여차하면 어찌 사씨를 제어하기를 근심하리오' 하니 교씨 가로되,

"빨리 행하라."

십랑이 곧 괴이한 물건을 만들어 사면에 두루 묻고 교씨의 심복인 시비 납매를 불러 이러이러하라 하니, 온 집안에 교씨와 십랑

과 납매밖에는 이 일을 알 사람이 없더라. 하루는 한림이 입번하였다가 여러 날 만에 집으로 돌아오니 집안이 어찌할 겨를 없이 매우 급하여 물어본즉 장주의 병이 대단하다 하거늘, 한림이 놀라 백자당에 이르니 교녀 한림을 보고 울며 가로되,

"장주가 홀연히 병이 발하여 대통(大通)하오니 이는 심상치 아니한 일이라. 병세를 보니 체증과 감기 따위가 아니라 필연 집안에 누가 남이 못되기를 빌어 한 귀신의 장난인가 하나이다."

한림이 교씨를 위로하고 장주의 병세를 살펴보니 과연 헛소리를 하고 정신을 잃어 대단히 위태하거늘, 크게 염려하여 약을 지어 납매를 불러 급히 달여 먹이라 하고, 동정을 자세히 보니 차도가 조금도 없는지라. 한림이 크게 우려하고 교씨는 울기를 그치지 아니하더라. 한림의 총명이 점점 감하매 마음을 정하지 못하니 아깝도다. 사 부인의 성덕(聖德)이 고인을 부러워할 바 아니거늘, 교씨 같은 요사스러운 사람이 들어와 집안을 어지럽게 하니 어찌 애석하지 아니하랴.

이때 교녀, 동청과 더불어 몰래 정을 통하니 짐짓 한 쌍 요물이 서로 어울림이라. 백자당이 외당과 다만 단 한 겹이 막히고 화원문의 열쇠를 교녀가 가진지라, 한림이 내당에서 자는 날은 교녀 동청을 청하여 동침하되 일이 극히 비밀하여 시비 납매 외에는 아무도 알 이 없더라.

이때 한림이 장주의 병이 심상치 않음을 보고 염려하더니, 교녀

또한 병을 핑계로 음식을 폐하고 밤이면 더욱 슬퍼하니 한림 또한 근심하더라. 하루는 납매가 부엌을 닦다가 괴이한 물건을 하나 얻으니, 한림이 교녀와 더불어 같이 보고 낯빛이 흙과 같아져서 말을 하지 못하고 앉았더니 교녀 울며 가로되,

"첩이 열여섯 살에 귀댁에 들어와 결코 원수를 맺은 곳이 없더니, 어떤 사람이 우리 모자를 이렇듯 모해하는고?"

하니, 한림이 다시 보고 묵묵부답하거늘 교녀 가로되,

"상공은 이 일을 어찌 처치하고자 하시나이까?"

한림이 한동안 잠자코 있다가 가로되,

"일이 비록 간악하나 집안에 잡된 이가 없으니 누구를 지목하리오. 그런 요망한 물건을 불에 살라 없앰이 옳을까 하오."

교녀 생각하는 듯하다가 고하여 가로되,

"상공의 말씀이 옳으시나이다."

하니, 한림이 납매를 명하여 불을 가져오라 하여 뜰 앞에서 태워 버리고 이 말을 삼가 누설하지 말라 하니라. 한림이 나간 후 납매가 교녀에게 물어 가로되,

"낭자, 어찌 상공의 의심을 돋우지 아니하고 일을 그르치나이까?"

교녀 가로되,

"다만 상공을 의심하게 할 따름이라. 너무 급히 서둘다가는 도리어 해로울지라. 상공의 마음이 이미 동하였으니 여차여차하리

라."

하더라. 원래 그 방자한 물건에 쓴 글씨는 교녀가 동청으로 하여금 사 부인의 필적을 본떠 만든 것이므로 한림이 보니 사 부인의 필적이 분명한지라. 그 근본을 캐어 내면 자연 난처한 사정이 있을 듯하여 즉시 불에 살라 버리고 말았으나 내심 생각하되,

　'지난번에 교씨, 사 부인의 투기하는 말을 이르나 오히려 믿지 아니하였더니 이런 짓을 할 줄이야 어찌 뜻하였으리오. 당초에 자식이 없으므로 부인이 주선하여 교씨를 얻었더니, 이제 스스로 자식을 얻으매 독한 계교를 지어내니, 이는 밖으로 어질고 의로움을 베풀고 안으로 간악함이라.'

하고, 부인 대접이 전일과 다르더라. 이적에 사 급사 부중에서 급사 부인의 환후가 심히 중하매 여아를 보고자 하여 편지하였거늘, 사 부인이 크게 놀라 한림께 고하여 가로되,

　"모친의 병환이 위중하시다니 만일 지금 뵈옵지 못하면 평생에 씻지 못할 한이 될지라, 상공의 허하심을 바라나이다."

　한림이 가로되,

　"장모님의 환후가 위중하시면 일찍 가서 뵈오심이 옳을 것이거늘 어찌 만류하리오. 나 또한 틈을 타서 한번 가서 문안하리이다."

　부인이 사례하고 교씨를 불러 집안일을 부탁하고 즉시 인아를 데리고 신성현 본부에 이르러 모녀 오래 떠났다가 서로 만나니 매우 기뻐하였으나, 부인이 모친의 환후가 자못 위태하심을 보고

본부에 머물러 모친의 병환을 보살피매 수이 돌아오지 못하고 자연 몇 개월이 되었더라.

한림의 벼슬이 본디 한가한지라. 때를 타서 신성현 사부에 왕래가 빈번하더니, 이적에 산동과 산서와 하남 지방에 흉년이 들어 백성들이 사방으로 유리하는지라. 천자, 들으시고 크게 근심하사 조정에 명망이 있는 신하 세 사람을 빼어 세 길로 나누어 보내 백성의 병고를 살피라 하시니, 이때 한림이 그중에 뽑혀 산동으로 나아갈새, 미처 부인을 보지 못하고 떠나니라.

이에 한림이 집을 떠난 후로 교씨 더욱 방자하여 동청과 더불어 꺼리는 마음이 없어 엄연히 부부같이 지내더니, 하루는 교씨 동청에게 말하기를,

"이제 상공이 멀리 나아가고 사씨 오래 집을 떠났으니 정히 계교를 베풀 때라. 장차 어찌하면 사씨를 없이할꼬?"

동청이 가로되,

"내게 한 묘계가 있으니, 족히 사씨로 하여금 가중에 있지 못하게 하리라."

하고, 인하여 가만히 말하되 이리이리함이 어떠하뇨 하더라. 교씨 크게 기뻐하여 가로되,

"낭군의 계교는 진실로 귀신이라도 측량하지 못하리로다. 그러나 어떠한 사람이 능히 행하랴?"

동청이 가로되,

"내 마음놓고 믿을 수 있는 친구가 있으니 이름은 냉진이라. 이 사람이 재주가 민첩하고 눈치가 빠르니 마땅히 성사하려니와, 부디 사씨가 사랑하는 보물을 얻어야 되리니, 이 일이 쉽지 아니하도다."

교씨 생각하다 가로되,

"사씨의 시비 설매는 납매의 동생이라. 그년을 달래어 얻어내리라."

하고, 이에 납매로 하여금 조용한 때를 타서 설매를 불러 후히 대접하고 금은 패물을 주어 달래며 계교를 이르니 설매 가로되,

"부인의 패물을 넣은 그릇은 방중에 있으되 열쇠를 가져야 할 것이오. 다만 알지 못하니, 무엇에 쓰려 하느뇨?"

납매 가로되,

"쓸데를 구태여 묻지 말고 삼가 남에게 이르지 말라. 만일 누설하면 우리 둘이 살지 못하리라."

하고, 열쇠 여럿을 내어 주며,

"그중에 맞는 대로 열고 상공이 평소에 늘 보시고 사랑하시던 물건을 얻고자 하노라."

설매, 즉시 열쇠를 감추고 들어가 가만히 상자를 열고 옥지환을 도적하여 낸 후 상자를 전과 같이 덮은 후 즉시 나와 교씨에게 드려 가로되,

"이 물건은 유씨 댁에서 대대로 전하여 내려오는 물건으로 가

장 중히 여기더이다."

하니, 교씨 크게 기꺼하여 중히 상을 주고 이에 동청과 더불어 꾀를 행하려 하더니, 마침 사씨를 모시고 갔던 하인이 신성현으로 쫓아와서 급사 부인의 별세하심을 전하고 가로되,

"사 공자 나이 어리고 다른 일가친척이 없으니 부인이 손수 초상을 치러 장사를 지내시고 사 공자에게 집안일을 착실히 살피라 하시더이다."

교씨, 남매를 보내어 극진히 위문하고 일변 동청을 재촉하여 빨리 꾀를 행하라 하니라.

이때 한림이 산동 지방에 이르러 주점에 들어 술과 밥을 사 먹으려 하더니, 문득 한 소년이 들어와 한림을 보고 읍하거늘, 한림이 답례하고 좌정하고 바라보매 그 소년의 풍채 훌륭한지라. 한림이 성명을 물으니 답하여 아뢰되,

"소생은 남방 사람이요, 냉진이거니와 묻잡나니 존사(尊師)의 고귀한 성명을 듣고자 하나이다."

한림이 바로 이르지 않고 다른 성명으로 대답하고 인하여 민간 물정을 물으니 대답이 선명하거늘, 한림이 기뻐 내심에 생각하되, '이 사람이 가장 아름답다' 하고 인하여 물어 가로되,

"그대 이제 어디로 나아가려 하느냐? 그대 비록 남방 사람이라 하나 음성이 서울 사람 같도다."

냉진이 가로되,

"소제는 본디 외로운 처지로 뜬구름같이 동서로 정처 없이 떠돌아다니는지라. 몇 년을 서울에 있었더니 올봄에 신성현이라는 곳에서 반년을 지내고, 이제 고향으로 가매 며칠 동행함을 얻으니 다행하옵니다."

한림이 가로되,

"나도 심사 울적한 사람이라 정히 형을 만나니 다행하도다."

하고, 인하여 술을 권하여 서로 먹고 한가지로 행하여 객점에 들어 쉬고 이튿날 새벽에 떠날새, 한림이 보니 그 사람의 속옷고름에 옥지환이 매였거늘, 한림이 가장 괴이히 여겨 자세히 보니 눈에 익은지라 의심하여 이르되,

"내 마침 서역 사람을 만나 옥 분별하는 법을 알았는데, 지금 형의 가진 옥지환이 예사 옥이 아닌가 싶으니 한번 구경하고자 하노라."

그 사람이 뵈인 것을 뉘우치고 머뭇거리다가 끌러 주거늘, 받아 보니 옥빛과 물형 새긴 제도가 완연히 사씨의 옥지환과 같은지라. 의심하여 다시 보니 또한 푸른 털로 동심결(同心結)[1]을 맺었거늘, 심중에 더욱 의심하여 소년에게 물어 가로되,

"과연 좋은 보배로다. 형이 이것을 어데서 얻어 가졌느냐?"

1) 두 고를 내고 맞대어 매는 매듭. 납폐에 쓰는 실이나 염습의 띠를 맺는 매듭 따위.

냉진이 거짓 슬픈 빛을 띠고 대답하지 않고 도로 거두어 고름에 차거늘, 한림이 꼭 알고자 하여 다시 물어 가로되,

"형의 옥지환이 반드시 까닭이 있는 일이거늘, 내게 이야기한들 무슨 방해됨이 있으리오."

냉진이 한참 있다가 가로되,

"북방에 있을 때에 마침 아는 사람이 준 바라, 형이 알아 무엇하며 무슨 까닭이 있으리오."

한림이 생각하되, 제 말이 가장 의심되도다. 옥지환도 분명한 사씨의 것이고 신성현으로부터 오노라 하니, 혹시 비복의 무리가 도적하여 이 사람에게 판 것이나 아닌가 하여 생각이 이에 미쳐서는 그 연유를 자세히 알고자 하여 짐짓 여러 날 동행하니 정의(情意)가 자연히 친근한지라. 인하여 물어 가로되,

"형의 옥지환에 동심결 맺은 것을 말하지 않으니, 어찌 친구의 정의라 하리오?"

냉진이 주저하다가 가로되,

"형과 더불어 정이 깊으니 이야기를 하여도 해롭지 아니하되, 다만 정의 있는 사람의 일이니 더 이상 묻지 마소서."

한림이 가로되,

"그와 같이 유정한 사람이 있으면 어찌 함께 살지 않고 남방으로 나아가느뇨?"

냉진이 가로되,

"좋은 일에 마(魔)가 많고 조물(造物)[1]이 시기하여 아름다운 인연이 두 번 오지 아니하는지라. 옛글에 이르되, '궁문에 들어가기가 깊은 바다에 들어감과 같은데 이로 좇아 소랑은 행인과 같이 되었다' 하니 정히 소제를 두고 이름이라. 어찌 탄식하지 아니하리오!"

하고, 인하여 슬픈 빛을 보이거늘 한림이 가로되,

"형은 참 다정한 사람이로다."

하고, 이에 두 사람이 종일토록 술을 마시고 즐기며 놀다가 이튿날에 각각 길을 나누어 떠나니라. 알지 못해라, 그 사람의 근본이 어떠한 사람이며 사씨의 액운이 필경 어찌 될꼬?

이때 한림이 길을 떠나 산동으로 향하여 갈새, 옥지환을 한 번 보고 그 근본을 자세히 알지 못한지라 크게 의심하여 생각하되,

'세상에 알 수 없는 일이 많도다. 혹시 비복 등이 도적하여 낸 것인가?'

갖가지 생각으로 심사가 산란하더니 반년 만에 나랏일을 다 마치고 서울로 돌아오니 사 부인이 집으로 돌아온 지 오랜지라. 한림이 부인과 더불어 서로 눈물을 흘리고 조상한 후 교씨와 다만 두 아이를 보고 무애(無愛)터니 홀연 소년 냉진의 옥지환 일을 생각하고 낯빛을 변하여 사씨에게 물어 가로되,

---

1) 조물주가 만든 온갖 물건. 조물주.

"부인이 전일 선인(先人)이 주신 옥지환을 어디 두었느뇨?"

부인이 가로되,

"저 상자 속에 있거니와 어이 물으시느뇨?"

한림이 가로되,

"괴이한 일이 있으니 내어 보고자 하노라."

부인이 또한 괴이하여 시비로 하여금 상자를 가져오라 하여 열어 보니, 다른 것은 다 그대로 있으되 옥지환이 없는지라. 사씨 크게 놀라 가로되,

"내 분명히 여기 두었더니 어이 없는고?"

한림이 안색을 변하고 말을 아니하니 사씨 가로되,

"옥지환 간 곳을 상공이 아시나이까?"

한림이 성을 내어 가로되,

"그대 남을 주고 내게 물음은 어찌하오?"

사씨, 이 말을 듣고 부끄럽고 분하여 말을 하지 못하더니 홀연 시비 고하되,

"두 부인이 오셨나이다."

한림이 황망히 맞아들여 절하고 무사히 다녀옴을 기뻐하더니 한림이 두 부인을 대하여 가로되,

"가중에 큰 변이 있어 장차 고모께 품하려 하였나이다."

부인이 놀라며 의심하여 가로되,

"무슨 일이뇨?"

한림이 소년 냉진의 말을 이르고,

"그 일이 심히 괴이하기로 집에 돌아와 옥지환을 찾은즉 과연 없으니 문호의 큰 불행이라. 이를 장차 어찌 처치하리까?"

사씨, 이 말을 듣고 혼비백산하여 눈물을 흘리고 가로되,

"첩이 평일 행사 무상하와 상공이 이와 같이 추한 행실을 의심하시니 첩이 무슨 면목으로 사람을 대하리오. 첩의 생사를 상공은 임의로 하소서. 옛말에 이르기를, '어진 군자는 남을 음해하는 말을 믿지 말고 남을 헐뜯어서 없는 죄를 꾸미는 사람은 시호(豺虎)[1]에게 던지라' 하였으니 원컨대 상공은 깊이 살피사 원통함이 없게 하소서."

두 부인이 듣기를 다하매 크게 성을 내어 가로되,

"네 총명이 선소사(先小師)와 어떠하뇨?"

한림이 대하여 가로되,

"소질이 어찌 선친(先親)을 따르리잇고?"

부인이 가로되,

"선형(先兄)[2]이 본디 사람을 알아보는 능력이 있고 천하 일을 모를 것이 없이 지내었으니 매양 사씨를 칭찬하되, '내 며느리는

1) 승냥이와 호랑이를 아울러 이르는 말.
2) 돌아가신 형. 여기에서는 두 부인의 오빠, 즉 유 한림 연수의 부친 유소사.
3) 절개를 지키는 일. 절개가 굳은 행실.
4) 돌아가신 부친, 즉 유 한림의 아버지 유현.

천하에 기특한 열부(烈婦)라' 하고 너로써 내게 부탁하되, '연수가 나이 어리니 만사를 가르쳐 그른 곳에 빠지지 말게 하라' 하시고 자부에게 당하여는, '아무 경계할 것이 없다' 하셨으니, 이는 사씨의 선행숙덕(善行淑德)을 아심이라. 그렇지 않더라도 네 총명으로도 짐작할 것이거늘 하물며 선형의 지감과 사씨의 절행(節行)[3]으로 이와 같은 누명을 입게 하여 옥 같은 아내를 의심하느뇨? 이는 반드시 가중에 악인이 있어 도적함이니 어찌 엄중히 조사하여 밝혀내지 아니하고 이와 같은 불명한 말을 하느뇨?"

한림이 가로되,

"고모의 가르치시는 말씀이 당연하여이다."

하고, 즉시 형장 기구를 갖추고 시비 등을 엄하게 문초하니, 애매한 시비는 "죽어도 모르노라" 하고 그중에 설매는 바로 고하면 죽을까 겁내어 한결같이 항복하지 아니하니, 마침내 종적을 알지 못할지라. 두 부인이 또한 하릴없이 돌아가고 사씨는 누명을 풀지 못하였으매 죄인으로 자처하니 한림은 전후 음해하는 말을 많이 들었으므로 의심을 풀지 못하니 교씨 가만히 기뻐하더라. 한림이 교씨와 더불어 사씨의 일을 의논하니 교씨 가로되,

"두 부인의 말씀이 옳은 듯하나 또한 공변[公反]되지 아니하여 사 부인만 너무 칭찬하시고 상공을 과히 협박하시니 체면이 없사오며, 옛날 성인도 속은 일이 많사오니 선노야(先老爺)[4] 비록 고명하시나 사 부인이 들어오신 뒤 오래지 아니하여 별세하셨으니

어찌 부인의 마음을 잘 알으셨으리오. 임종시에 유언하심은 상공을 경계하고 부인을 권장하심이거늘, 두 부인이 이 말씀을 빙자하여 상공으로 하여금 일마다 부인께 문의하라 하시니, 어찌 마음이 치우치지 아니하리오."

한림이 가로되,

"사씨, 평일에 행실이 착하니 나 또한 그런 일이 없으리라 하였더니 한갓 의심난 일을 본고로 지금 의혹함이라. 전일에 장주가 병이 났을 때에 방자한 글씨가 사씨의 필적 같으매 그때에 내가 음해하는 말이 있는가 하여 즉시 불에 살라 없애게 하고 너더러도 말하지 아니하였더니 이 일로써 볼진대 어찌 믿으리오?"

교씨 가로되,

"그러면 부인을 어찌 처치하시려 하나이까?"

한림이 가로되,

"이제 명백한 증거가 없으니 어찌 다스리며 또한 선상공이 사랑하시던 바요, 고모 힘써 말하시니 가장 어려운 일이라 어찌하리오."

한대 교씨 아무 말이 없더라. 이때에 교씨, 잉태하였더니 열 달이

1) 천천히, 더디게의 옛말.
2) 두고 살핌. 어떠한 조건 아래서 무엇을 찾고 고르느라고 듣기도 하고 보기도 함.
3) 장사부는 지금의 중국 호남 장사현이며, 총관은 승녕부의 우두머리 벼슬.

차매 한 남자를 낳으니 한림이 기뻐하여 이름을 봉추라 하고 두 아이를 사랑함이 장중보옥 같더라. 하루는 교녀, 한림이 없는 때를 타서 동청과 더불어 꾀를 의논하더니 교녀 가로되,

"전일에 쓴 꾀가 참으로 용하나 한림의 말씀이 여차여차하니 옛말에, '풀을 버히매 뿌리를 없이 하라' 하였으니 장차 어찌하며, 사씨가 두 부인과 더불어 옥지환 출처를 찾는다 하니 만일 일이 누설되면 화가 적지 아니하리로다."

동청이 가로되,

"두 부인이 반드시 있는 힘을 다하여 일을 주선하리니, 낭자는 모름지기 숙질간 죄를 꾸며 서로 화목하지 못하게 하라."

교씨 가로되,

"나도 이 뜻이 있어 그리하고자 하나 상공이 평일에 두 부인 섬기기를 부모같이 하여 매양 그 뜻을 거스르지 못하고 일일이 순종하니, 이 꾀를 행하기는 어려울까 하노라."

동청이 가로되,

"그러면 묘한 꾀를 급히 생각하지 못할 것이니 날호여[1] 의논하리라."

이때 두 부인이 사씨를 위하여 사람을 놓아 옥지환 출처를 듣보되[2] 마침내 찾지 못하고 심중에 헤오되 아무래도 교녀의 간계인 듯하나 마음이 답답하여 잠을 이루지 못하더니, 아들 두억이 장사부 총관[3]을 하니 두 부인이 아들을 따라 장사로 가게 되었는지

라. 마음에 비록 기쁘나 사씨의 외로움을 염려하여 마음이 놓이지 않는지라. 택일하여 장차 부임하려 하니 유 한림이 두 부인 모자를 청하여 잔치를 배설하고 전송할새, 좌상에 사씨가 들지 아니한지라. 두 부인이 자못 불쾌하여 한림에게 일러 가로되,

"선형이 별세하신 후 현질과 더불어 서로 의지하여 지내더니, 이제 뜻밖에 만리의 이별을 당하니 어찌 섭섭하지 않으리오. 내 현질에게 부탁할 말이 있나니, 네 능히 들을소냐?"

한림이 황망히 꿇어앉아 가로되,

"소질이 비록 예절이 없사오나 어찌 고모의 말씀을 거역하오리까! 무슨 말씀인지 듣잡고자 하나이다."

부인이 가로되,

"다름이 아니라 사씨 덕행은 해와 달같이 밝은 바라, 네 총명으로 깊이 깨닫지 못함이 한이 되도다. 내 만일 집을 떠난 뒤 또 무슨 일이 있어도 음해하는 말을 곧이 듣지 말고 마음을 어지럽게 하는 일에 빠지지 말지어다. 만약 불미한 일이 있거든 한 장 글월을 내게 부치고 과히 처치하지 말아서 뒤에 뉘우침이 없게 하라."

한림이 가로되,

1) 옥같이 아름다운 미인의 얼굴.
2) 고모 또는 시숙모의 아들.
3) '죽은 부부'를 이르는 말.

"고모의 말씀을 삼가 본받아 행하리이다."

두 부인이 시녀를 불러 물어 가로되,

"사 부인이 지금 어데 계시뇨? 나를 잠깐 인도하라."

시비, 부인을 모셔 사씨가 있는 곳에 가니 사씨 머리를 흩트리고 옥안(玉顔)[1]이 파리하고 해쓱하여 연연약질(軟軟弱質)이 의복을 이기지 못하는지라. 두 부인이 이 거동을 보고 마음이 칼로 베는 듯 애처로운지라. 사씨, 두 부인의 오심을 보고 안기며 날호여 가로되,

"숙숙[2]은 지체가 높고 귀하사 부인께서 좋은 행차를 하시니 죄첩이 마땅히 존하에 나아가 하례하오련마는, 몸이 만고에 큰 누명을 무릅써서 나아가 뵈옵지 못하오매 무궁한 한이 되옵더니, 천만 의외에 이와 같이 왕림하시니 죄송(罪悚)하여이다."

두 부인이 눈물을 흘려 가로되,

"선형이 임종시에 유언하사 한림으로써 내게 부탁하노라 하시던 말씀이 오히려 귀에 머물러 있으되, 내 질아를 잘 인도하지 못하여 그대로 하여금 이 지경에 이르게 하였으니 이는 다 늙은이의 허물이라. 다른 날 무슨 면목으로 지하에 돌아가 선소사 양위(兩位)[3]를 뵈오리오. 그러나 그대는 과도히 마음을 상하지 말라. 필경은 좋은 때를 만나 누명을 풀고 수치스러운 일을 씻게 되리라. 예로부터 영웅열사(英雄烈士)와 절부열녀(節婦烈女) 들이 시운을 만나지 못하면 일시 불행을 당하는지라, 현질은 널리 생각

59

하여 마음을 상하지 말라. 유씨는 본시 충효 가문으로 소인에게 힘을 잃은지라. 그러므로 해를 많이 당하였으니 가중이 한결같이 맑더니 이제 선소사 별세하신 뒤로 이렇듯 괴이한 변괴 있으니, 이는 가중에 요망한 시첩이 있어 질아의 총명을 흐리옴이라. 요사이 질아의 거동을 보니 전일의 맑은 기운이 하나도 없고 나에게 가정사를 의논함이 적어 숙질 간에 의(義)가 감하였으니 내 그 동정을 보매 근심하기를 마지않나니, 이는 질부 스스로 저지른 재앙이라 누구를 한하고 원망하리오. 그러나 이것은 도무지 천정한 운수라 과도히 슬퍼하지 말라."

하고, 시비로 하여금 한림을 불러 정당(正堂)에 이르니, 두 부인이 정색초연(正色愀然)하여 가로되,

"요사이 네 행사를 보매 본심을 잃은 사람 같으니 내 심히 염려하노라. 슬프다, 선소사 별세하실 때에 집안의 대소사를 내게 부탁하신 말씀이 지금껏 귀에 머물러 있거늘, 그대 용렬하여 사씨의 빙옥(氷玉)[1] 같은 행실로도 시운이 불리하여 누명을 무릅씀을 보니 어찌 한심하지 아니하리오. 우숙(愚叔)이 멀리 떠나매 마음을 놓지 못하는지라. 이에 네게 한 말을 부탁하노니, 이 뒤에 집안에서 사씨를 잡아 말하는 이가 있어 흉한 일을 눈으로 보았을

60

지라도 사씨를 소홀히 저버리지 말고 내 돌아옴을 기다려 처치하라. 사씨는 절부정녀(節婦貞女)이니 결단코 그른 곳에 나아가지 아니하리라. 이제 사씨의 신세가 위태함을 보고 멀리 떠나매 내 발길이 돌아서지 아니하나니, 현질은 부디 조심하여 요망한 말을 곧이 듣지 말라."

한림이 미우(眉宇)[2]를 찡그리고 고개를 숙여 들을 따름이거늘, 부인이 초연 탄식하고 사씨를 당부하여 재삼 보중함을 이르고 돌아가니, 사 부인이 두 부인의 멀리 떠나심을 더욱 슬퍼하여 마음을 놓지 못하더라. 이때 교녀 두 부인을 꺼려하다가 이제 떠남을 보매 심중에 가만히 기뻐하여 이에 동청을 청하여 가로되,

"전일 꺼리던 바는 두 부인이러니 이제 아들을 따라 멀리 가시니, 이때에 꾀를 행하여 사씨를 없애 버리는 것이 좋을 듯하노라."

동청이 가로되,

"사씨로 하여금 당장 천지간에 용납하지 못하게 할 묘한 꾀가 있으되, 다만 저허하건대 낭자가 듣지 않을까 하노라."

교녀 가로되,

"정말로 용한 꾀일진대 내 어찌 듣지 아니리오."

동청이 책 한 권을 내어 보이며 가로되,

"꾀가 이 속에 있으니 시험해 보려느냐?"

교녀 가로되,

"무슨 꾀인지 듣고자 하노라."

동청이 가로되,

"이 책은 당나라 《사기》라. 거기 쓰인 글을 볼 것 같으면 예전에 당 고종이 후궁인 무소의를 총애하니 무소의가 황후를 참소하고자 하나 적당한 시기를 얻지 못하였더니, 소의 마침 딸을 낳으매 얼굴이 심히 아름다운지라. 고종이 몹시 사랑하고 황후도 역시 귀히 여겨서 때때로 와서 보더니 하루는 황후가 전과 같이 무릎 위에 놓고 어르다가 나간 뒤에 소의 즉시 그 딸을 눌러 죽이고 소리를 질러 통곡하기를 '누가 내 딸을 죽였도다' 하니 고종이 궁인을 모조리 중히 심문하매 한결같이 외인은 아무도 침전에 출입한 자가 없고 다만 황후께서 막 오셨다가 갔다 하여 황후 마침내 변명함을 얻지 못한지라. 고종이 드디어 황후를 폐하고 무소의로 황후를 봉하였으니 이가 유명한 측천무후라. 예로부터 큰일을 하는 이는 조그만 일에 거리끼지 않나니, 이제 낭자 측천무후의 남은 꾀를 써서 사씨에게 화를 넘겨 씌우면 사씨 비록 임사의 행실과 소장의 구변[1]이 있더라도 제 한마디 변명함을 얻지 못하고 스스로 물러나리라."

교녀, 듣기를 마치매 손으로 동청의 등을 치며 가로되,

"범과 같은 미물들도 오히려 제 새끼 사랑할 줄을 알거든 하물며 사람이 되어서 어찌 차마 제 자식을 해하리오."

─────────────────────

1) 중국 전국 시대 말 잘하는 소진과 장의의 말솜씨.

동청이 가로되,

"낭자의 시방 위급한 형세가 함정에 든 범과 같으니 내 꾀를 쓰지 않다가는 장차 후회하여도 소용이 없으리라."

교녀 가로되,

"아무리 하여도 이것은 차마 할 수 없으니, 그 다음 좋은 꾀를 생각해 보라."

하고, 한창 의논할 판에 한림이 조당으로부터 돌아옴을 듣고 놀라 각각 돌아가니라. 동청이 가만히 납매를 불러 일러 가로되,

"낭자의 위인이 차마 하지 못하여 내 묘한 꾀를 쓰지 못하니 이런즉 너희도 위태하리라. 네가 모름지기 적당한 시기를 보아서 이리이리하라."

하니, 납매 그 말을 듣고 틈을 타서 일을 하고자 하더니 하루는 장주가 마루 위에서 혼자 자는데, 유모는 마침 옆에 없고 사 부인의 시비 춘방과 설매 두 사람이 난간 밑을 지나는지라. 납매, 문득 동청의 말을 생각하고 둘이 멀리 가기를 기다려 곧 장주를 눌러 죽이고 가만히 설매에게 가서 말하되,

"네가 옥지환 도적해 낸 것이 아직도 탄로나지 않았으되 부인이 알아내려고 백방으로 조사하고 계시니, 일이 만약 누설되면 네가 먼저 죽을 것이니 이 일을 어떻게 하면 좋단 말이냐? 나 시키는 대로 이리이리만 하면 대화(大禍)를 면할 뿐 아니라 가히 큰 상을 얻으리라."

설매 가로되,

"그리하마."

하더라. 장주의 유모가 장주가 오래 일어나지 않음을 보고 괴이히 여겨 나아가 본즉, 입과 코로 피를 많이 흘리고 죽은 지 이미 오래거늘 크게 놀라 통곡하니, 교녀 창황히 달려와 구하고자 하나 어찌할 수 없는 일이라. 이 분명 동청의 소행인 줄 알고 그 꾀를 실행하고자 하여 급히 한림께 고하니, 한림이 와서 보매 몸이 떨리고 뼈가 서늘하여 말을 내지 못하는지라. 교녀, 가슴을 치며 크게 울어 가로되,

"작년에 방자하던 자가 내 아들을 죽였도다. 상공은 어찌 빨리 가중 비복을 문초하여 죄인을 밝혀내지 않나이까?"

한림이 즉시 집안의 비복 등을 잡아내어 형장을 엄히 할새, 유모는 말하기를,

"소비, 아기를 안고 마루에 앉았다가 아기가 곤히 자므로 잠시 밖에 나갔다가 채 돌아오지 않아서 변이 어찌할 겨를도 없이 일어났으니, 아기 옆을 떠난 죄는 가히 무거워 용서할 여지가 없음이오나 어떻게 된 사유는 전혀 알지 못하도소이다."

하고, 납매는 가로되,

"소비 마침 문 앞을 지나다가 우연히 바라본즉, 춘방과 설매가 난간 밖에서 무엇인지 손짓을 하더니만 곧 돌아가는 것을 보았사오니, 이것들을 불러 물으시면 가히 짐작하실 듯하여이다."

한림이 곧 두 사람을 잡아들여서 먼저 춘방에게 문초하여 물을 새, 비록 뼈가 부서지고 살이 헤어져도 종시 거짓말을 하지 않고 가로되,

"소비 설매와 잠시 지나갔을 뿐이지 무슨 알음이 있사오리까?"

또 설매를 심문하매, 처음에는 춘방의 말과 다름이 없었으나 매질하기를 십여 차에 불과하여 설매 고함을 질러 가로되,

"소비 장차 죽으리로소이다. 이미 죽을 바에야 무슨 말을 하지 못하오리까. 부인이 소비들에게 이르시기를 인아와 장주 둘이 같이 있을 수 없으니 누구든지 장주를 해하는 자라면 큰 상을 주리라 하시옵기로 소비 등이 여러 날을 두고 틈을 엿보던 차 마침 공자 마루 위에서 자고 옆에 사람이 없기로 '이때를 놓쳐서는 안 되겠다' 하고 춘방과 하수하고자 하매 소비는 간이 서늘하고 손이 떨려서 감히 앞장서지 못하였거니와 실상 공자를 눌러 죽이기는 춘방이로소이다."

한림이 크게 노하여 엄한 형으로 춘방을 심문하매 춘방이 설매를 꾸짖어 가로되,

"네 위로는 부인을 팔고 동무를 모함하여 죽음을 면하고자 하니 너와 같은 년은 개·도야지에 지나지 않도다."

하고, 종시 모함하는 말을 하지 않고 죽으니라. 교녀, 한림께 고자질하여 가로되,

"설매는 실상 한 일이 없고 또 바로 대었으니 죄 없고 공이 있

는지라 물을 것이 없고, 춘방이 이미 죽었으니 원수는 조금 갚았다 할 수 있으나 남의 부탁을 받아 한 일인즉 실상 춘방도 원통타 하리로다."

하고, 이에 아우성쳐 장주를 부르며 또 발을 구르고 하늘을 부르짖어 가로되,

"장주 장주야, 내가 네 원수를 갚지 않으면 살아서 무엇하리오. 내 너를 따라 죽으리라."

하고, 바삐 방으로 들어가서 띠를 끌러 목을 매니 시비 급히 끌러 놓으매, 교녀 통곡하여 소리를 그치지 않고 한림께 달려들어 격동시키니 한림이 머리를 숙이고 말이 없는지라. 교녀 가로되,

"투기하는 계집이 처음에 우리 모자를 죽이고자 하다가 일이 누설되매, 후회하지 않고 못된 종년들과 함께 어울려 이 무지한 어린아이에게 독수(毒手)를 놓였으니, 오늘은 장주를 죽이고 내일은 나를 죽일지라. 내 원수의 손에 죽느니보다 차라리 스스로 죽음이 낫도다. 너희는 무엇 때문에 나를 끌러 놓았느냐? 상공께서 저 투기하는 계집과 해로하고자 하시거든 먼저 첩을 죽여서 저 계집의 마음을 유쾌하게 하소서. 첩의 죽음은 조금도 아깝지 않거니와 다만 염려되는 바는 저 계집이 이미 간통한 사내가 있사오니 상공 또한 위태할까 하나이다."

1) 한 집안의 사당.

하고, 다시 들어가 목을 매니 한림이 급히 만류하고 크게 성내어 소리 질러 가로되,

"몹쓸 계집 같으니! 집안에 방자한 일은 심상한 변괴 아니로되 다만 부부간 은혜와 정을 생각하여 내버려두었고, 옥지환을 주고 외인과 몰래 정을 통함은 당연히 집안에서 내쫓을 일이로되 문호에 욕됨이 두려워서 그만두었더니, 이제 조금도 반성하지 않고 간악한 종년과 한통속이 되어 천륜(天倫)을 상하니, 그 죄를 돌아보건대 천지간에 용납할 수 없는지라. 이 계집을 집안에 두다가는 유씨의 종사가 장차 끊어지리로다."

하고 일변 교녀를 위로해 가로되,

"오늘은 날이 이미 저물었으니 내일 마땅히 종족을 모아 가묘(家廟)[1]에 고하여 음탕한 계집을 영영 내치고 너로써 부인을 삼아서 선인(先人)의 제사를 받들게 하리니, 너는 너무 슬퍼하지 말고 관심(寬心)하라."

교녀, 눈물을 거두며 사례해 가로되,

"주부의 칭호는 천첩이 감히 바라는 바 아니오나 원수와 같이 한집에 있지만 않으면 첩의 원통하고 억울한 마음이 조금 풀릴까 하나이다."

한림이 비복을 명하여 일가친척을 모두 사당으로 모이라 하는지라. 시비들이 모두 울면서 이 사연을 사 부인께 고하니 부인이 안색을 변하지 않고 천연히 가로되,

"내 이 일이 있을 줄 안 지가 오래도다."

하더라.

이튿날 한림이 일가친척을 모두 청해 놓고 사씨의 전후 죄상을 이르고 기어코 쫓아낼 것을 말하니, 모든 사람이 본디 사씨의 친절함을 알고 한림의 망령임을 짐작하나 모두 한림에게 먼 일가 아니면 수하 사람이라 누구 한 사람 고집을 부려서 한림의 뜻을 거스르리오. 그래서 모두 가로되,

"이는 한림의 생각대로 처리할 것이요, 우리는 판단하지 못하겠노라."

하니, 한림이 이에 비복들에게 향과 초를 갖추게 하고 가묘에 분향배례하고 사씨의 죄상을 고할새 그 글에 하였으되,

'유세차 모년 모월 모일에 효손 한림학사 연수는 삼가 글월을 증조고 문현각 태학사 문충공 부군, 증조비 부인 호씨, 조고 태상경 예부상서 성현공 부군, 조비 부인 정씨, 현고 태사공 예부상서 부군, 현비 부인 최씨의 신위에 밝게 고하나이다. 부부는 오륜(五倫)의 하나이요, 만복의 근원이라. 나라에서 이로써 백성을 가르치고 다스리는 바니 어찌 삼가지 아니하오리까? 슬프다, 저 사씨

1) 거적과 흙베개로 시묘를 산다는 뜻에서 상중에 있음을 가리키는 말.
2) 지난날, 아내를 내쫓을 수 있는 이유가 되는 일곱 가지 경우로, 시부모에게 불순함, 자식을 낳지 못함, 음탕함, 질투함, 나쁜 병이 있음, 말이 많음, 도둑질을 함을 이름.

처음 가문에 들어오매 정숙하고 우아한 덕이 있어 예법에 어김이 없더니, 처음과 나중이 한결같지 못하여 혹시 불미한 일이 있으나 대체를 돌아보아 책망하지 않고, 또 삼 년 초토(草土)[1]를 한가지로 받들었으므로 출부(黜婦)하지 않으매, 갈수록 음흉하여 어머니의 병을 핑계로 본가에 가서 추잡한 행동이 탄로났으나 가문에 욕될까 하여 사실을 감추고 집안에 머물러 두었더니, 스스로 후회하지 않고 그 죄 칠거지악(七去之惡)[2]에 대하니 조종신령(祖宗神靈)이 흠양(歆饗)하지 아니하실 바니 향화(香火)가 끊어질까 저허하여 부득이 출거하고, 소첩 교씨는 비록 육례(六禮)를 갖추지 못하였으나 실로 명가 자손이고 백행을 구비하여 조종의 제사를 받듦직하온지라, 교씨를 봉하여 정실을 삼나이다.'

하였더라. 읽기를 다하매 시비로 하여금 사씨를 이끌어 조종의 영위에 나아가 사배하직(四拜下直)할새, 사씨 눈물이 비 오듯 하니 모든 일가들이 문 밖에서 절하고 이별하며 모두 눈물을 흘리더라. 유모가 인아를 안고 나오니 부인이 받아 들고 가로되,

"나를 생각하지 말고 잘 있으라. 알지 못해라, 너로 더불어 다시 만날 날이 있을는지?"

하고 탄식하며 또 가로되,

"깃 없는 어린 새가 그 몸을 보존하지 못한다 하니, 어미 없는 어린애가 어찌 얼마 남지 않은 목숨을 부지하랴. 슬프다, 차생에 미진한 인연을 후생에나 다시 이어 모자 됨을 원하노라."

하고 눈물을 금치 못하니, 눈물이 화하여 피가 되는지라. 인하여 길이 탄식하여 가로되,

"존구(尊舅)[1]께서 별세하시매 따라 죽지 못하고 살아 있다가 이런 광경을 당하니 어찌 슬프지 아니하리오."

아이를 유모에게 맡기고 교자에 오르며 인아를 어루만져 잘 있으라 하니, 인아 크게 부르짖어 모친을 따라 가려 하며 울기를 그치지 아니하더라. 사 부인이 유모에게 천만번 당부하여 인아를 잘 보호하라 하고 다만 차환[2] 하나를 데리고 가니라. 이때 가중 시비들이 교녀를 붙들어 가묘에 분향할새, 녹의홍상(綠衣紅裳)에 옥패 소리 쟁쟁하니 천상선녀 같은지라. 예를 마치고 집안의 비복에게 하례하는 인사를 받을새, 교녀 말하되,

"내 오늘부터 새로 집안일을 주장하니 너희는 다 각각 맡은 일을 부지런히 하여 죄에 범하지 말라."

하니, 시비 등이 영을 듣고 고개를 숙이고 물러나니라. 이때 비복 등 팔구 인이 모여서 교녀에게 말하여 가로되,

"사 부인이 비록 쫓겨났으나 여러 해 섬기던 바 자못 은혜 중한지라, 부인이 허하시면 소복 등이 한번 나아가 일별하고자 하나

1) 시아버지를 높여 이르는 말.
2) 비녀. 주인 가까이에서 잔심부름을 하는, 머리를 얹은 젊은 여자 종.
3) 오래 사귄 벗. 여기에서는 사씨 부인 자신을 말함.
4) '자기의 남편'을 일컫는 말.
5) 남에게 세상을 떠난 자기의 아버지를 일컫는 말.

이다."

교녀 가로되,

"이는 너희의 정의라 어찌 막으리오."

모든 시비가 일제히 사씨를 따라가 통곡하니, 사씨 교자를 머무르고 가로되,

"너희가 이와 같이 와서 나를 전송하니 감사하도다. 너희는 힘써 새 부인을 섬기며 고인(故人)[3]을 잊지 말라."

비복 등이 눈물을 흘리고 절하며 작별하니라. 이때 사씨, 교부(轎夫)에게 분부하여 신성현으로 가지 말고 성도에 있는 시부모의 산소 아래로 향하라 하니, 교군이 명령을 주의 깊게 듣고 유씨의 선영에 이르니라. 사씨, 이에 수간초옥을 얻어 거처할새, 부모와 시부모를 생각하며 처량한 신세를 슬퍼하여 눈물과 한숨으로 세월을 보내더라. 이적에 사 공자가 이 소문을 듣고 곧 찾아가서 눈물을 흘려 가로되,

"여자, 가부(家夫)[4]에게 용납치 못하면 마땅히 본가로 돌아와 형제 서로 의지하심이 옳거늘, 저 무인공산에 홀로 계시니 도리어 불편하리로다."

사씨 슬퍼하여 가로되,

"내 어찌 동기의 정과 모친 영전에 모시기를 알지 못하리오마는, 내 한번 돌아가면 유씨와 아주 끊어지고 마는 것이라. 한림이 비록 급히 나를 버렸으나 내 일찍이 선고(先考)[5]에게 죄를 범함

사씨남정기

71

이 없으니 시부모 무덤가에서 여생을 마침이 내 소원이니 현제(賢弟)는 괴이히 알지 말라."

사 공자, 저저(姐姐)의 고집을 알고 돌아가 늙은 창두(蒼頭) 한 명과 비자 양랑을 보내거늘 사씨 가로되,

"우리 집에도 본디 노복이 얼마 안 되거늘 어찌 여럿을 두리오."

하고, 늙은 창두 한 명만 두어 외정(外庭)을 맡아보라 하고 양랑은 보내니라. 이곳은 유씨 종족과 노복 등이 많이 사는 땅이라. 사씨의 옴을 보고 모두 나와 위로하며 쌀과 야채를 공급하여 그 마음을 풍족하게 하니, 사씨 또한 여공(女工)이 민첩하여 남의 침선방적(針線紡績)도 하며 약간 패물도 팔아 연명하여 고생으로 세월을 보내더라. 이때에 교군 등이 돌아가 사씨가 유 상공의 무덤가로 감을 고하니, 교녀 생각하되,

'제 신성현으로 가지 않고 유씨 무덤가에 있음은 반드시 출부로 자처함이 아니라.'

하고, 이에 한림에게 말하되,

"사씨 누명으로 종조에게 죄를 지었거늘 감히 유씨 무덤가에 있으리오?"

한림이 잠자코 있다가 가로되,

"제 이미 출부된 바에 거취를 제 뜻대로 할지라. 하물며 무덤가에 타인도 많이 사나니 저를 금하여 무엇하리오."

하니, 교녀 마음에 거리끼나 감히 어떻게 하지 못하더라. 하루는 교녀 동청을 보고 의논하니 동청이 가로되,

"사씨가 유씨 무덤가에 있고 본가로 가지 아니함은 네 가지 까닭이 있으니, 첫째로 전일에 옥지환 일을 밝혀 내고자 함이요, 둘째는 유가의 자부로 자처하여 후일을 바람이요, 셋째는 유가 종족에게 인정을 끼쳐 후일 도움이 되게 함이요, 넷째는 한림이 춘추로 무덤가에 다니니 사씨 심산궁곡에서 무궁한 고초를 당하는 것을 보면 비록 철석간장(鐵石肝腸)이라도 전일 은혜를 생각하고 마음이 어찌 동하지 아니하랴."

교씨 가로되,

"그러면 사람을 보내 죽임이 쾌하리로다."

동청이 가로되,

"그렇지 않도다. 사씨, 불의에 남에게 죽으면 한림이 의심할지라. 내게 한 꾀가 있으니, 냉진이 본디 가족이 없고 겸하여 사씨를 흠모하는 바라. 그로 하여금 사씨를 속여 데려다가 첩을 삼게 하면 그 절개를 고침이라. 한림이 들으면 아주 마음을 끊으리니, 이 꾀가 어찌 묘하지 아니하리오."

교녀 웃으며 가로되,

"그 꾀를 어찌 실행하고자 하느뇨?"

동청이 가로되,

"제 본가에 가지 아니하고 유씨 무덤가에 머물러 유가의 신(信)

을 끊지 않다가 두 부인이 돌아오면 두 부인에게 의탁하여 한림과 인연을 다시 도모하고자 함이라. 이제 두 부인의 편지를 위조하여 행장을 차려 오라 하며 사씨 일정(一定) 좇아가리니, 냉진이 데려다가 협박하면 사씨 아무리 절개 있은들 제 어찌 벗어나리오. 이는 참으로 독 속에 든 쥐라. 저 사씨, 냉진에게 한번 몸을 허하면 유가와 더불어 아주 끊어지리니 어찌 기이한 꾀가 아니리오."

교녀 크게 좋아하여 가로되,

"낭군의 묘한 꾀는 예전 육출기계(六出奇計)하던 진유자(陣孺子)[1]의 후신인가 하노라."

동청이 이에 가만히 냉진을 불러 꾀를 이르니, 냉진이 또한 홀아비 몸으로 사씨의 높은 이름을 들은 고로 동청의 말을 듣고 크게 기뻐하여 허락하고 두 부인의 필적을 구하니, 동청이 교씨에게서 두 부인의 필적을 구하여 냉진을 주거늘, 냉진이 이에 두 부인의 필법을 모방하여 편지를 한 장 써서 먼저 사람으로 하여금 보내고 냉진이 이에 교자를 세내어 교군과 믿을 수 있는 사람 수십 명을 보낼새, 유씨 무덤가에 이리이리하라 계교를 가르쳐 보내니, 모든 사람이 응낙하매 냉진이 천만 당부하고 집에 돌아와

1) 중국 한나라 고조 때의 승상. 고조를 도와 천하를 평정함에 여섯 번 계책을 내었다고 함.
2) 혼례 때 사용하는 여러 가지 기구.

74

화촉지구(華燭之具)[2]를 장만하고 기다리더라.

화설. 사 부인이 하루는 방 안에서 베를 짜더니, 문득 들으니 문 밖에서 사람이 부르되,

"이 댁이 유 한림 부인 사씨가 계시는 댁이냐?"

하거늘, 창두가,

"그렇다."

하고, 찾는 연고를 물으니 그 사람이 대답하되,

"서울 두 추관 댁에서 왔노라."

창두 또 물어 가로되,

"두 추관이 대부인을 모시고 장사로 가신 후 그 댁이 비었거늘 어쩐 연고로 왔느냐?"

그 사람이 대답하되,

"그대 알지 못하도다. 우리 댁 노야께서 장사 추관으로 계시더니 나라에서 한림학사로 부르시매 두 부인이 먼저 상경하사 사 부인이 여기에 계심을 들으시고 놀라시며 나를 보내 문후하라 하시니 편지를 가져왔노라."

하거늘, 창두 편지를 받아 부인께 드리고 온 사람의 하던 말을 아뢰거늘 부인이 그 편지를 받아 보니 대략 이러하다. 이별한 후 염려하던 말과 아들이 한림으로 상경한 말과

'내가 서울을 떠나 그대가 이에 이르렀으니 한한들 어찌하리오. 지금 그대의 머물 곳이 마땅하지 않고 산골에 포악한 자가 쳐들

어올까 두려우니, 내 집에 와서 서로 의지하면 편안하리니 마땅하면 사람을 보내리라.'

하였더라.

사 부인이 두 부인의 상경함을 듣고 기뻐하여 의심하지 아니하고 갈 뜻으로 답장하여 보내고 이날 밤에 혼자 앉아 생각하되,

'이곳이 비록 산골이나 선산을 바라고 위로하더니 이제 떠나게 되니 자못 처량하도다.'

하고, 베개에 의지하여 잠깐 졸더니 비몽사몽간에 문득 한 사람이 이르되,

"노야와 부인이 청하시나이다."

사씨, 눈을 들어 보니 전에 소사가 부리던 비자라. 즉시 그 사람을 따라 한 곳에 이르니, 시비 몇 명이 나와 인도하여 침전에 이르니 유소사, 최 부인과 함께 앉았는데, 용모가 완연히 전일과 같은지라. 사씨, 크게 기뻐하여 절하고 뵈오며 눈물이 비 오듯 흐르니, 소사 슬하에 앉히고 위로하여 가로되,

"아희, 모함하는 말을 듣고 현부를 곤케 하니 내 마음이 편하지 못하도다. 그러나 오늘 두 부인의 편지가 참이 아니니 현부는 자세히 보면 알리라."

최 부인이 사 부인을 불러 옆에 앉히고 어루만져 가로되,

"내 일찍 세상을 이별하매 현부를 다시 보지 못하였나니 어찌 슬프지 아니하리오. 네 다시 눈을 들어 나를 보라. 유명(幽明)이

비록 길이 다르나 현부, 아희와 더불어 사당에 오르매 현부의 드린 술잔을 흠향하지 않은 적이 없으니 이제 교녀로 제사를 받들매 내 어이 흠향하리오. 슬프다, 현부 집을 떠난 후 이곳에 와 있으니 우리 좋이 의탁하였거니와 이제 그대 멀리하게 되니 어찌 슬프다 아니하리오."

사씨 울며 가로되,

"비록 두 부인이 부르시나 어이 떠나오리까."

소사 가로되,

"이를 말함이 아니라 편지가 거짓이며, 그대 또 오래 여기에 있지 못할 것이요, 아직도 칠 년 재액이 남았으니 마땅히 남방으로 피난할지어다. 후회하지 말고 급히 이곳을 떠나 남방으로 물길 오천 리를 향하여 가라."

사씨 울며 가로되,

"의지할 데 없는 여자의 몸으로 어찌 칠 년을 유리하리잇고? 전두길흉(前頭吉凶)을 알고자 하나이다."

소사 가로되,

"이는 하늘의 뜻이니 어찌하리오. 다만 할 말이 있으니 이후 육 년 사월 십오일에 배를 백빈주에 매었다가 급한 사람을 구하라. 이것은 반드시 잊지 말지어다. 또 그대 이곳에 오래 머물지 못할지니 빨리 돌아가라."

사씨 가로되,

"이제 존안(尊顔)[1]을 떠나오니 어느 날 다시 뵈오리까?"

인하여 읍하고 흐느껴 우니 유모와 차환이 깨우거늘, 사씨 놀라 깨달으니 한 꿈이라. 가장 신기하여 꿈에 나타난 일을 말하니 시비 또한 신기히 여기는지라. 사 부인이 존구의 말씀을 깨달아 두 부인의 편지를 다시금 보고 가로되,

"두 추관의 아버지 이름이 강 자인 고로 두 부인이 평일 말할 때나 편지 쓸 때나 일절 강 자를 쓰지 아니하더니, 이 편지에 강 자를 썼으니 이는 반드시 위조가 분명하도다. 알지 못해라, 어떤 사람이 이렇게 모해하는고?"

하여 의심이 만단일 제 동방이 밝아오거늘, 사씨가 유모에게 말하되,

"존구께서 분명히 남방으로 수로 오천 리를 가라 하니 장사 땅은 남방이요, 또 두 부인이 가실 때에 수로로 오천여 리나 된다 하셨으니, 이제 반드시 두 부인을 찾아가 의탁하라 하심이니 어찌 가지 아니하리오."

하고, 장차 남방으로 가는 배를 사방으로 구하더니, 홀연 창두 고하되,

"두부(杜府)에서 교자를 가지고 왔으니 어찌하리까?"

1) '남의 얼굴'이나 '남'을 높여 이르는 말.
2) 종을 풀어주어서 한 양민이 되게 함.

사씨, 꿈을 생각하고 이르되,

"내 어젯밤에 감기가 들어 일어나지 못하니, 수일 후 적이 낫거든 가리라."

창두 이대로 이르니, 교군이 하릴없이 무료히 돌아가 그 말을 전하니, 동청이 가로되,

"사씨는 본디 지혜 많은 사람이라, 반드시 의심하여 병을 핑계 삼음이니 이 일이 아니 되면 화가 적지 아니하리로다."

냉진이 가로되,

"이미 내친 걸음이니 건장한 사람 수십 명과 교군을 데리고 무덤가에 가 있다가 밤이 들거든 사씨를 협박하여 데려옴이 좋을까 하노라."

동청이 가로되,

"그 꾀가 묘하니 바삐 행하라."

냉진이 응낙하고 이에 강도 수십 인을 데리고 가니라. 이때 사씨, 남방으로 가는 배를 얻지 못하여 근심하더니, 마침 남경으로 가는 장삿배를 만나니 이는 두 부인의 창두로써 일찍이 속량(贖良)²⁾하여 나가 장사하는 장삼이라 일컫는 사람의 배라. 사씨, 그 말을 믿고 기뻐하여 즉시 장삼을 불러 함께 가기를 약속하니, 장삼 또한 두부에 있을 때에 사씨를 뵈온 고로 고생함을 알고 배를 대어 오르기를 청하니, 사씨가 존구의 무덤에 나아가 재배 하직하고 유모와 차환이며 늙은 창두 한 사람을 데리고 배에 올라 남

방으로 향하니라. 이때 냉진이 수십 명 강도를 데리고 조상의 무덤에 나아가 숲에 은신하여 밤을 타서 사씨가 머무는 집으로 달려드니 집이 비고 한 사람도 없는지라. 냉진이 놀라 가로되,

"사씨는 과연 꾀가 많은 사람이로다. 우리의 계교를 벌써 알고 달아났도다."

하고, 돌아가서 동청에게 말을 이르니 동청과 교녀 사씨를 잡지 못함을 애달프다 하더라.

차설(次說)[2]. 사 부인이 배에 올라 남방으로 향할새, 만경창파가 하늘에 닿은 듯하고 왔다갔다하는 장삿배의 새벽달 찬바람에 닻 감는 소리는 수심을 돕고 잔나비의 울음소리는 슬픈 사람의 간장을 끊으니, 사씨 자기의 신세를 생각하고 규중 여자로 몸에 더러운 누명을 입고 일신을 만경창파 일엽편주(一葉片舟)에 의지하여 장사로 향하는 바를 생각하매 가슴이 무너지는 듯한지라, 크게 통곡하여 가로되,

"하늘이 어찌 정옥을 내시고 타고난 운명의 기구함이 이처럼 점지하게 하신고?"

하니, 유모며 차환이 또한 슬픔을 참지 못하여 서로 붙들고 울다가 유모 울음을 그치고 부인을 위로하여 가로되,

———————————————

1) 소설 따위에서 화제를 돌리려 할 때 그 첫머리에서 하는 말.
2) 굴원. 중국 전국 시대 초나라의 시인. 회왕과 경양왕 때 벼슬을 했고, 모략에 빠져 한때 방랑 생활을 하다가 멱라수에 빠져 죽음.

"하늘이 높으시니 살피심이 희소하시나 어찌 매양 이러하리오. 부인은 귀체를 보중하오셔 슬픔을 진정하옵소서."

부인이 눈물을 거두어 가로되,

"내 팔자 기박하여 너희가 나와 함께 고초를 겪으니 나는 내 죄거니와 유모와 차환은 무슨 죄뇨? 이는 주모(主母)를 잘못 만남이라. 규중 여자의 몸으로 일신을 일엽편주에 의지하여 해상에 떴으니 향하는 곳이 장차 어드메뇨? 두 부인이 나를 기다리시는 것이 아니요, 또한 구가(舅家)에 출부된 몸이 구차히 살아 장사로 가니 신세 어찌 슬프지 아니하리오. 차라리 이곳에서 몸을 창파에 던져 굴삼려[2]의 충혼(忠魂)을 좇고자 하노라."

말을 마치고 울기를 마지아니하니 유모와 차환 등이 여러 가지로 위로하더니, 배가 점점 행하여 한 곳에 이르러서는 풍랑이 크게 일어나고 사씨 또한 토사로 병이 대단하여 부득이 배를 뭍에 대고 강가에 집을 얻어 치료하고자 할새, 멀리 바라보매 일간 초옥이 산밑에 있거늘 차환으로 하여금 그 문을 두드리고 주인을 찾으니, 한 소녀가 나오는데 나이 겨우 열 네다섯 살쯤 되고 용색이 절묘하고 태도 요조한지라. 차환의 전하는 말을 듣고 쾌히 허락하고 부인을 맞아 안방으로 인도하니 날이 이미 저문지라. 사씨 물어 가로되,

"네 부모는 어데 가시고 너 혼자 있느뇨?"

소녀, 공경하여 대답하되,

"제 성은 임가옵더니 일찍이 아비를 여의고 홀어머니를 모셔 있삽는데, 어미 마침 물 건너 마을에 갔삽다가 폭풍을 만나 돌아오지 못하였나이다."

소녀 차환에게 물어서 부인의 행색을 알고 밥과 찬을 정성을 다하여 차려서 불을 밝히고 저녁밥을 드리니, 사씨 그 은근한 정의에 감복하여 약간 수저를 들고 그 소녀에게 사례하여 가로되,

"불시의 손이 폐를 많이 끼쳐서 미안하도다."

소녀, 엎드려 가로되,

"부인은 귀인이라 누추한 곳에 행차하시매 가문의 영광됨은 말할 것도 없삽고, 촌가 변변하지 못한 대접이 너무 허술하와 황공무지하옵거늘, 이렇듯 과분한 말씀을 하시니 더욱 죄송하여이다."

그날 밤에 부인이 임씨 집에서 자고 그 이튿날 떠나려 하였으나, 풍랑이 좀처럼 그치지 않아서 사흘을 연해 쉬게 되매 그 소녀, 더욱 관곡(款曲)[1]하여 정성을 다하는지라. 수삼 일 지낸 후 그러구러 떠나게 되매 두 정이 연연하여 차마 손을 나누지 못하고, 사씨 행장에 남아 있는 지환 한 개를 내어 주며 가로되,

"이것이 비록 작은 것이나 그대 옥수에 머물러서 내 정을 잊지 말라."

1) 간절하고 인정이 많음. 정답고 친절함.
2) 중국 소상 지방에서 생산되는 아롱진 무늬가 있는 대나무.

그 소녀 사양하여 가로되,

"이것이 부인의 먼 길 가는 데에 긴하거늘, 어찌 가지리까?"

부인이 가로되,

"여기에서 장사 땅이 멀지 아니하고 그곳에 가면 긴히 쓸 데가 없으니 사양하지 말라."

그 소녀 공경히 받고 이별을 차마 하지 못하니, 부인이 재삼 연연하다가 작별하고 즉일 발행하여 수일을 행하더니 창두 나이 늙고 기후와 풍토에 익지 못하여 병들어 죽으니, 부인이 몹시 슬프고 불행함을 이기지 못하여 배를 머무르고 장삼을 시켜 강가 언덕에 안장하고 떠날새, 행중에 다만 유모와 차환뿐이라. 십분 낭패(狼狽)하여 앞길의 원근을 물으니,

"며칠만 행하면 장사에 득달하리이다."

하거늘, 사 부인이 앞길이 가까움을 기뻐하며,

"배를 빨리 저어 행하라."

하더니 사씨의 액운이 점점 더 닥쳐오는지라. 홀연 풍랑이 크게 일고 배가 바람에 쫓겨 동정호로 향하여 악양루 아래 이르니 옛 적 열국 때 초나라 지경이라. 순임금이 나라 안을 순행하다가 창오(蒼梧) 들에 와서 돌아가매 두 왕비 아황과 여영이 따라가지 못하여 소상강 가에서 울새 피눈물이 흐른지라, 대숲에 뿌렸더니 대에 핏방울이 튀어 아롱진 점이 박혔으니, 이것이 이른바 소상 반죽(瀟湘班竹)[2]이라 하는 것이라.

그리고 그 뒤에 초나라의 충신 굴원이 충성을 다하여 회왕을 섬기다가 간신의 헐뜯음을 만나 강남으로 귀양을 오매 이에 수간초옥을 짓고 있다가 몸을 멱라수[1]에 던졌으며, 또 하나라의 가의[2]는 낙양 재사로서 대신에게 무이여[3] 장사에 내치매 역시 이곳에 이르러 제문을 지어 강물에 던져 굴원의 충혼을 조상(弔喪)하였는지라. 이러한 까닭으로 지내는 손들로 하여금 가장 강개한 회포를 자아내게 하는 곳이라.

그러므로 매양 구의산[4]에 구름이 끼고 소상강에 밤이 들고 동정호에 달이 밝고 황릉묘[5]에 두견이 슬피 울 때면 비록 슬프지 아니한 사람이라도 자연 눈물을 뿌리지 않을 수 없거든, 하물며 신세가 처량한 사람이야 오죽하리오! 더욱이 사 부인은 요조숙녀의 빙옥 같은 몸으로 요녀의 참소를 입어서 가부의 내침을 받아 가족이 없는 약한 몸으로 여기까지 이르렀으니, 옛사람을 느끼고 자기 신세를 생각하여 뱃전에 비겨서 밤이 늦도록 잠을 이루지 못하더니, 이때 장사하는 배들이 남북으로 모여들어 심히 복잡한

1) 중국 호남성 상음현 북쪽에 있는 강.
2) 중국 한나라 때의 학자, 정치가
3) 털이 빠져 살이 드러남. 즉 참소당함을 일컫는 말.
4) 중국 호남성 영릉현 북쪽에 있는 산.
5) 아황·여영 두 왕비가 빠져 죽은 상수에 세운 사당. 중국 호남성 상음현에 있음.
6) 벼슬아치가 임금의 명을 받들고 지방에 나가 민정을 살핀 결과를 글로 써 올리던 계본.

지라. 가만히 들으매 옆의 배에서 한 사람이 말하기를,

"우리 장사 백성들은 정말 복이 없도다."

하매, 또 한 사람이 가로되,

"어찌 이름이뇨?"

그 사람이 가로되,

"지난해에 오신 두 추관 노야께서는 마음이 정직하고 정사가 공평해서 백성들이 근심이 없더니 금번에 새로 온 유 추관은 재물을 탐내고 돈을 좋아해서 백성들의 유죄, 무죄를 물론하고 함부로 매질하여 돈을 뺏는지라. 이와 같이 명관(名官)을 잃고 탐관(貪官)을 만났으니 어찌 복이 있다 하리오."

사 부인이 듣기를 마치매, 두 추관이 이미 갈려서 어디로 옮아 간 줄 알고 애가 타고 기가 막혀서 어이할 줄을 모르다가, 새벽이 되매 장삼을 시켜서 자세히 물어보라 하니, 이윽고 장삼이 돌아와 고하여 가로되,

"우리 댁 노야, 장사 고을에 와 밝게 다스렸으므로 순행하는 어사가 나라에 장계(狀啓)[6]하여 성도지부로 승차하여 진작 대부인을 모시고 성도로 부임하셨다 하나이다."

부인이 하도 어이없어 하늘을 우러르고 가슴을 두드려 가로되,

"유유창천아, 나로 하여금 이다지도 하시는고?"

하고, 장삼에게 일러 가로되,

"두 부인이 이미 성도로 가셨으니 장사는 객지라. 저리로 갈 수

도 없고 여기에 머물 수도 없으니, 너는 우리 세 사람을 여기에
내려놓고 배를 저어 빨리 가라."

　　장삼이 가로되,

　　"장사가 이미 계실 곳이 되지 못하고 소인도 여기에 오래 있을
수가 없사오니, 그러면 부인은 어디로 가시려 하옵나이까?"

　　부인이 가로되,

　　"내 갈 곳은 구태여 네 물을 바 아니니 너는 너 갈 데로 가라."

　　유모와 차환 등이 이 말을 듣고 창황망조(蒼慌罔措)[1]하여 서로
붙들고 통곡하고, 장삼은 세 사람을 강 언덕에 내려놓고 부인을
향하여 절하고 작별하여 가로되,

　　"바라건대 부인은 천금 같으신 귀체를 보중하시옵소서."
하고, 배를 저어 가니라. 사씨 천신만고하여 겨우 배를 얻어 장사
땅을 거의 왔다가 마침내 이 지경에 이르고 보니 희망이 끊어진
지라. 심장이 녹는 듯하여 아무리 생각하나 죽을 수밖에 할 일이
없는지라. 유모 · 차환 등이 울며 가로되,

　　"의지할 데 없는 땅에 와서 또한 노자가 떨어졌으니 부인은 장
차 어찌 귀체를 보존하려 하시나이까?"

　　부인이 길이 탄식하여 가로되,

1) 너무 급하여 어찌할 바를 모름.
2) 위에서 내려다 봄. 굽어 살핌.

"사람이 세상에 나매 수요장단(壽夭長短)과 화복길흉(禍福吉凶)은 천정한 운수니 일시 액운을 구태여 근심할 바 없으되, 이제 내 신세를 생각하건대 화를 스스로 만듦이라. 옛말에 하였으되, '하늘이 만든 화는 피할 수 있으나 제가 만든 화는 피할 수 없다' 하였으니, 이제 내 도중에서 이와 같이 낭패를 만나니 다시 어디를 가며 누구를 의지하리오."

유모 등이 위로하여 가로되,

"옛날 영웅호걸과 열녀절부가 이런 뜻밖의 불행을 아니 당한 사람이 드무니, 이제 부인이 일시 액화 있사오나 명천이 하감(下瞰)[2]하시고 신명이 소소하니 장차 바람이 검은 구름을 쓸어 버리면 해와 달을 다시 볼 것이니, 부인은 너무 슬퍼하지 말으소서. 어찌 일시 액운으로 말미암아 천금 귀체를 삼가지 아니하오리까?"

부인이 가로되,

"옛사람이 액운을 당한 자가 하나 둘이 아니로되 자연 구하여 주는 사람이 있어 몸을 보전하였거니와 이제 내 일은 그렇지 아니하여, 연연약질(軟軟弱質)이 위로 하늘에 오르지 못하고 아래로 땅에 들지 못하니 어찌하리오. 마땅히 한번 죽어 옛사람으로 더불어 꽃다운 이름을 나타나게 할지니, 이는 다만 내게 행복되는 일이로다."

하고, 인하여 강물을 향하여 뛰어들려 하니, 유모와 차환이 붙들

고 울어 가로되,

"소비 등이 천신만고하여 부인을 모셔 이에 이르렀으니 마땅히 생사를 한가지로 할지라. 원컨대 부인과 함께 물에 빠져서 지하에 돌아가 모시기를 바라나이다."

부인이 가로되,

"나는 죄인이니 죽음이 마땅하거니와 너희는 무슨 죄로 나를 따르리오. 행중에 노자가 떨어졌으니 너희는 인가에 의지하라. 차환은 나이 젊으니 말할 것도 없거니와 유모도 아직 남의 집에 들어가 밥을 지을 수 있으니 어찌 의탁할 곳이 없을소냐? 각각 몸을 보중하였다가 북방 사람을 만나거든 내 이곳에서 죽은 줄을 알게 하라."

하고, 이에 나무를 깎아 글을 쓰되,

'모년 모월 모일에 사씨 정옥은 구가의 출부(黜婦)되어 이에 이르러 물에 빠져 죽노라.'

쓰기를 다하고 통곡하니 유모와 차환이 좌우에서 따라 우매, 해와 달은 빛이 없고 초목금수도 슬퍼하더라. 이러구러 날이 어둡고 동천에 달이 오르니, 사면에서 귀신이 울고 황릉묘 위에 두견의 소리가 처량하고 소상강 대숲 아래 잔나비 슬피 우니, 유모 등이 부인에게 가로되,

"밤이 심히 차오니 저 위에 올라 밤을 지내고 내일 다시 생사를 판단하사이다."

부인이 마지못해 악양루에 올라가니 아로새긴 들보가 반공에 솟아 강물에 다다랐는데, 오색 채운이 구의산으로조차 일어나 악양루를 둘렀으며 월색은 난간에 가득하니, 사씨 가로되,

"악양루는 천고에 유명한 곳이라."

하고 밤을 지내더니, 날이 밝고자 할 때에 누 아래로부터 사람의 소리가 나며 수십 명이 올라오니, 이 사람들은 서울 사람으로서 이곳에 왔다가 구경하고자 하여 올라옴이러라. 사씨, 사람의 올라옴을 보고 크게 놀라 뒷문으로조차 누에 내려서 강가 숲 속에 와서 눈물을 흘려 가로되,

"이제 우리가 의탁할 곳이 없고 날이 밝았으니, 장차 어디로 가리오? 아무리 생각하여도 강물에 몸을 던지니만 같지 못하니 유모는 만류하지 말라."

하고, 몸을 일으켜 강중에 뛰어들려 하니 유모와 차환이 망극하여 사씨를 붙들고 통곡할새, 사씨 문득 기운이 떨어져 유모의 무릎을 의지하여 잠깐 졸더니 비몽사몽간에 한 여동(女童)이 사씨에게 와 이르되,

"낭랑이 부인을 청하시더이다."

사씨 놀라 가로되,

"낭랑은 뉘시뇨?"

여동이 가로되,

"가시면 자연 알으시리이다."

사씨, 이에 여동을 따라 한 곳에 이르니 한 전각이 강변에 있어 광활한지라. 여동이 부인을 데리고 전각으로 들어가더니 이윽고 발을 걷어치우고 전상에서 소리하여 가로되,

"오르라."

하거늘, 사씨가 여동을 따라 전상에 오르니 양위 낭랑이 교의에 앉았고 좌우에 모든 부인이 모셨더라. 사씨, 예를 마치매 그 부인이 좌를 주고 가로되,

"우리는 다른 사람이 아니라 순임금의 두 왕비라. 상제께서 우리의 정상을 측은히 여기시고 이곳 신령을 시키신 고로 이에 있나니 이러므로 고금 절부열녀를 가으말아[1] 세월을 보내더니, 그대 이제 일시 화를 만나 이곳에 이름이로다. 천정한 운수니 아무리 죽고자 하나 무가내하다. 마음을 너그럽게 하라."

사씨, 일어나 사배하고 가로되,

"인간에 미천한 여자, 매양 서책 중에서 성덕을 우러러 사모할 따름이옵더니 이에 와서 뵈올 줄 어찌 뜻하였으리잇고?"

낭랑이 가로되,

"부인을 청함은 다름이 아니라 부인이 천금보다 중한 몸을 헛되이 버려 굴원의 자취를 따르고자 하니 이는 하늘의 명하심이

아니라, 부인이 호천통곡함은 하늘도 무심함을 한함이니 이는 평일 총명이 흐리게 됨이라. 그러므로 특별히 의논을 펴서 회포를 일러 위로하고자 청함이로다."

사씨 사례하여 가로되,

"낭랑의 가르치심이 이와 같으시니 첩이 마음에 품은 뜻을 여쭈리이다. 소첩은 본디 가난하고 문벌이 변변하지 못한 사람이라. 일찍이 엄부를 여의고 편모에게 자라나 배운 바 없어 행실이 어리석더니 존구 별세하시매 세상일이 크게 변하여 동해를 기울여도 씻지 못할 누명을 입고 규문을 나온 후, 눈물을 뿌려 시부모의 무덤을 지키던 중 마침내 강호에 나부끼는 몸이 되매 갈 바를 알지 못하여 하늘을 우러러 탄식하다가 하릴없이 만경창파에 몸을 던져 고깃배에 장사하려 하매, 여자의 마음에 망녕되옴을 깨닫지 못하옵고 부르짖사와 낭랑이 들으시게 하오니 죄사무석이로소이다."

낭랑이 가로되,

"매사가 다 천정이요, 인력으로 하지 못하나니 어찌 굴원의 죽음을 본받으며 하늘을 원망하리오. 부인은 아직 장래의 복록이 무궁하나니 어찌 스스로 목숨을 끊으려 하리오. 유씨 집은 본래 착한 일을 많이 쌓은 가문이라. 오직 유 한림이 너무 조달(早達)[2]하여 천하의 일을 통달하나, 사리에 빈틈이 있으므로 하늘이 잠깐 재앙을 내리사 크게 경계하고자 함이거늘, 부인이 어찌 이토

록 조급히 구느뇨? 부인을 참소하는 자는 아직 득의하고 방자 교
만하여 비하건대 똥의 버러지가 제 몸이 더러운 줄 알지 못함과
같으니 어찌 족히 말하리오. 하늘이 장차 큰 벌을 내리시리라. 그
러니 부인은 안심하고 바삐 돌아갈지어다."

사씨 가로되,

"낭랑이 첩의 허물을 더럽다 아니하시고 이와 같이 밝게 가르
치시니 감격하도소이다. 그러나 돌아가 의탁할 곳이 없사오니 낭
랑은 첩의 사정을 돌아보사 시녀로 있게 하시면 낭랑을 모시고
영원히 있을까 하나이다."

낭랑이 웃어 가로되,

"부인도 이 다음 이곳에 머물려니와 아직 당치 아니하였으니
빨리 돌아가라. 남해도인이 부인과 인연이 있으니 거기에 잠깐
의탁함이 또한 하늘의 뜻이니라."

사씨 가로되,

"첩은 전일 들으니 남해는 하늘 한 끝이라 길이 멀거늘 어찌 가
오리까?"

낭랑이 가로되,

1) 장강은 중국 주나라 때 동궁득신의 누이동생으로 위장공의 부인이 됨.
2) 중국 한나라 때의 여류 시인. 반황의 딸로 성제 때 뽑혀 첩여가 되었으나
   조비연 자매에게 미움을 받아 장신궁으로 물러남.
3) 구슬을 꿰어 만든 발. 구슬발.
4) 끊어지거나 떨어져 제자리를 떠나게 만듦.

"연분이 있으면 자연 가게 되리니 염려하지 말라."

하고, 드디어 동벽 좌상에 얼굴이 아름답고 눈이 별 같은 부인을 가리켜 가로되,

"이는 위국 부인 장강[1]이라."

하고, 또한 부인을 가르쳐 가로되,

"이는 한나라 반첩여[2]라."

하고, 그 다음 차례로 이름을 가르쳐 가로되,

"부인이 이미 이에 이르렀으니 서로 알게 함이로다."

사씨 일어나 사례하여 가로되,

"오늘에 여러 부인의 면목을 이렇듯 뵈옴은 뜻하지 않은 바이니 어찌 영광이라 아니하오리까."

여러 부인이 흔연히 답사하더라. 사씨, 사배 하직하니 낭랑이 가로되,

"매사를 힘써 하면 오십 년 후 이곳에 자연 모일 것이니 다만 삼가 보중하라."

하고, 청의 여동을 명하여,

"모셔 가라."

하니, 사씨 절하고 뜰 아래 내릴새 전상에서 십이 주렴(珠簾)[3] 지우는[4] 소리에 놀라 잠에서 깨니, 유모 등이 부인이 오래도록 혼절함을 망극하여 깨기를 기다리더니 사씨 오랜 후에야 몸을 움직이거늘 기뻐하여 급히 구하니, 사씨 일어나 어느 때나 되었음을

물으니 잠든 후 서너 시간이나 되었다 하더라. 이에 유모 등이 가로되,

"부인이 기절하여 계시거늘, 저희들이 구원하여 이제야 정신을 진정하여 계시나이다."

사씨, 낭랑의 말씀을 다 이르고 가로되,

"내 몽중에 대숲 속으로 갔으니 너희가 믿지 않거든 나를 따라오라."

하고, 붙들어 숲으로 들어가니 한 사당이 있는데, 현판에 황릉묘라 하였으니 이는 곧 두 왕비의 사당이라. 꿈에 보던 곳과 같되 단청이 퇴색하고 심히 황량하더라. 즉시 전상을 바라보니 두 왕비의 화상이니, 완연히 몽중에 뵈옵던 바와 다름이 없거늘 사씨 절하고 축원하여 가로되,

"첩이 낭랑의 가르치심을 입사오니, 다른 날 좋은 때를 만날진대 낭랑의 성덕을 어찌 명심하지 아니하리잇고?"

하며 물러나와 차환으로 하여금 묘지기의 집에 나아가 밥을 구하여 삼 인이 요기를 하면서 사씨 가로되,

"우리 삼 인이 두루 방황하여 의지할 곳이 없으매 신명이 희롱하시도다."

하고 주저하더니, 밤은 점점 깊어 가고 달빛은 몽롱한지라. 사씨

1) 중국 강소 · 강음 북쪽에 있는 이름난 절.

헤오되,

　"사람이 세상에 나매 부귀빈천이 팔자에 있으나 여자로서 씻지 못할 누명과 허다한 고초를 지나되, 마침내 이곳에 이르러 의지할 바가 없게 되니 죽는 것이 상책이로다."

하니 뜻밖에 사당문 앞에서 두 사람이 들어와 고하여 가로되,

　"부인이 어려움을 만났으나 어찌 물에 빠져 스스로 목숨을 버리고자 하시나이까?"

　부인이 놀라 눈을 들어 보니, 하나는 늙은 여승이요 하나는 여동이라. 이에 물어 가로되,

　"어찌 우리 일을 아느뇨?"

　여승이 황망히 예하고 가로되,

　"소승은 동정 군산사[1]에 있더니 아까 비몽사몽간에 관음이 꿈에 나타나사 어진 여자 환란을 만나 갈 바를 모르고 장차 물에 빠지려 하니 빨리 황릉묘로 가서 구원하라 하시매 급히 배를 저어 왔더니, 과연 부인을 만나니 부처님 영험하심이 신기하도소이다."

　사씨 가로되,

　"우리는 죽게 된 사람이러니, 존사의 구함을 만나매 실로 감격하나 존사의 암자 멀고 또 귀 암자에 폐가 될까 하나이다."

　여승이 가로되,

　"출가한 사람은 본디 자비를 일삼나니 하물며 부처님의 지도하심이거늘, 어찌 이런 말씀을 하시나이까?"

인하여 붙들어 언덕에 내려 좌정한 후 여승이 여동과 더불어 배를 저어 타고 갈새, 일진순풍을 만나 순식간에 군산에 다다르니 산이 동정호에 외로이 있으니 사면이 다 물이요, 여러 봉에 대숲이고 인적이 희소하더라.

여승이 배에서 내려 사씨를 붙들어 길을 따라 나아갈새, 열 걸음에 한 번씩 쉬어 암자에 들어가니 암자 이름을 수월암이라 하였는데, 가장 깊숙하고 정결하여 인간 세상 같지 아니하더라. 종일 신고(辛苦)하였으므로 잠이 들어 밤이 밝아옴을 깨닫지 못하더라. 여승이 불당을 청소하고 향을 피우고 경쇠[1]를 치며 부인을 깨워 예불하라 하거늘, 사씨 차환 등과 더불어 법당에 올라 분향 배례할 새, 눈을 들어 살피고 문득 놀라며 눈물을 머금으니 부처는 다른 이가 아니라 십육 년 전에 자기가 찬을 지어서 썼던 백의 관음화상이라. 여승이 괴이히 여겨 물어 가로되,

"부인이 어찌 부처의 화상을 보고 슬퍼하시나이까?"

사씨 가로되,

"화상 위에 글 쓴 것이 내 어릴 적에 지어 쓴 찬(讚)이니, 여기에 와 보매 자연 슬픈 마음을 금하지 못하리로소이다."

여승이 크게 놀라 가로되,

1) 예불을 드릴 때 흔드는 작은 종.
2) 고향을 떠나 타향에서 삶. 영락하여 떠돌아 다님.

"이 말씀 같을진대 부인이 신성현 사 급사 댁 소저가 아니십니까? 부인의 용모와 음성이 이목에 익은 줄을 이상히 여겼나이다. 소승은 다른 사람이 아니라 그때 부인에게 글 받아 온 우화암 묘혜로소이다. 소승이 유소사의 명을 받자와 부인에게 관음찬을 받아 가매, 소사 보시고 크게 기뻐하여 혼인을 정하시고 소승에게 큰 상을 주시니, 그때 머물러 혼사를 보려 하다가 스승이 찾기를 바삐 하매 할 수 없이 산에 돌아와 스승을 따라 십 년을 수도하였더니, 스승이 돌아가시고 얼마 후에 이곳에 와 구석진 곳에 암자를 짓고 고요히 공부하며 불상을 뵈올 때마다 부인의 옥설 같은 용모를 생각하더니 알지 못해라, 부인이 어찌하여 이 지경에 이르시니잇고?"

사씨, 눈물을 흘리고 전후 곡절을 일일이 밝히니, 묘혜 탄식하여 가로되,

"세상일이 본디 이와 같은 것이오니, 부인은 너무 슬퍼하지 마옵소서."

부인이 불상을 다시 보니, 외로운 섬 가운데 앉아 기운이 생생하여 완연히 살았는 듯하고 찬의 의미가 자기의 유락(流落)[2]함을 그렸는지라. 사씨 탄식하여 가로되,

"세상일이 다 하늘이 정한 것이니 어찌하리오?"

하고, 이날부터 관음보살에게 분향하여 인아를 다시 만나기를 축원하더라. 묘혜, 조용한 때를 타서 부인에게 가로되,

"부인이 이제 여기 와 계시니 복색을 어찌하시렵니까?"

사씨 가로되,

"내 이곳에 있음이 부득이함이라 어찌 변복하리오."

묘혜 가로되,

"내 생각하니 유 한림은 현명한 군자라. 한때 거짓으로 헐뜯는 말을 곧이들으나 후일은 해와 달같이 깨달아 부인을 맞아 가리이다. 소승이 일찍이 스승에게 수도할 때 사주(四柱)도 약간 배웠으니 부인은 사주를 말씀하옵소서."

부인이 즉시 이르니, 묘혜 곰곰이 생각하다가 크게 기뻐하여 가로되,

"팔자는 대길할지라. 초년은 잠깐 재앙이 있으나 나중은 부부 안락하고 자손이 영화하여 복록이 무궁하리로다."

부인이 탄식하여 가로되,

"기구한 인생이 존사의 과히 칭찬하심을 당치 못하리니 어찌 그것을 믿으리오."

하고, 이에 한담(閑談)을 시작할새, 부인이 강상에서 풍파를 만나 인가에 머물매 그 집 여자의 현철하던 것을 이르고 못내 칭찬하니, 묘혜 가로되,

"부인이 소승의 질녀를 보셨도다. 질녀의 이름은 취영이니 제 어미 일찍 포대기에 두고 죽으매 제 아비가 변씨를 취하였더니, 그 아비 또 죽으매 변씨가 취영을 소승에게 주어 머리를 깎아 중

을 삼고자 하거늘, 내 그 상을 보니 귀자를 많이 두어 복록이 완전할 상이라. 변씨를 권하여 데리고 살라 하였더니 요사이 들으매 질녀 가장 효성으로 모녀 서로 사랑하고 산다 하더니, 부인이 만나 보셨도다."

부인이 가로되,

"얻기 어려운 것이 어진 사람이라. 나도 사람의 마음을 알지 못한 까닭으로 이에 누명을 입고 이렇듯 고생하니, 어찌 한이 되지 아니하리오."

묘혜 가로되,

"이는 도시 천정한 운수라. 부인과 소승이 잠시 인연이 있사오니 그런 줄 알으소서."

부인이 가로되,

"내 여기 있음을 한함이 아니라, 집을 떠나매 인아의 신세 외로운지라. 그 생사가 어찌 되었는지 염려 적지 아니하고 또 요사이 집안에 요망한 사람이 있어 한림의 신상에 어떠한 재앙이 미칠까 염려함이 적지 아니하며, 전일 시부모 무덤에 있을 때에 시부모의 존령이 꿈에 나타나사 이르되, '육년 사월 망일에 배를 백빈주에 대었다가 급한 사람을 구하라' 하시고 신신당부하시니 알지 못해라. 이 어떤 사람이 급한 화를 만날 것이뇨?"

묘혜 가로되,

"한림 상공은 오복(五福)[1]이 구비한 상이요, 겸하여 유씨 대대로 적덕이 많사오니 어찌 요얼(夭孽)이 침노하오리까? 백빈주에 급한 사람을 구하라 하셨으니 그때를 기다려 어기지 말고 구하사이다. 유소사는 본디 공명정대하신 어른이시니 생사간 어찌 범연(凡然)하시리까?"

부인이 옳다 하고 이에 머물러 세월을 보낼새, 유모와 차환과 함께 침선방적을 부지런히 하여 사중의 힘을 더니 여승들이 기뻐하여 부인을 극진히 공경하더라.

차설. 교녀 정당을 차지하여 가사를 총괄하여 살피매 악독함이 날마다 더하여 비복이 교녀의 혹독한 형벌을 견디지 못하고 사씨를 생각하더라. 교녀, 십랑으로 하여금 한림의 총명을 가리는 요물을 정당(政堂) 사면에 묻어 두고 한림이 입번할 때를 타서 동청을 백자당으로 청하여 서로 즐기는 정이 비길 데 없으니, 음란한 거동이 이로 측량하지 못할레라.

하루는 교녀, 동청을 데리고 백자당에서 자고 날이 밝으매 동청은 외당으로 나가고 교녀는 곤하여 늦도록 일어나지 아니하였더니, 한림이 돌아와 정당에 이르매 교녀 없는지라. 시비에게 물으니 백자당에 있다 하거늘 한림이 백자당에 이르러 교녀를 보고

1) 오래 삶, 많은 재물, 몸이 건강하고 마음이 편안함, 어진 덕을 닦음, 제명대로 살다가 죽음 등의 다섯 가지 복.
2) 중국의 옛 벼슬 명칭으로, 천자를 간하고 정치의 득실을 논하는 직책.
3) 관원이 죄를 범하면 군역에 복무시키던 형벌.
4) 도원관의 진인. 점을 잘 침. 진인은 신선을 가리킴

이에서 자는 연고를 물으니 교녀 대답하여 가로되,

"근래 정당에서 자매 꿈자리가 산란하고 기운이 좋지 아니하여 어젯밤은 이에서 잤나이다."

한림이 가로되,

"부인의 말이 옳도다. 나도 잠만 들면 몽사 번잡하여 정신이 혼미하고 나가 자면 편안한지라. 바야흐로 의심이 깊더니 부인이 또한 그러하다 하니 점 잘치는 사람을 불러 물어보리라."

하더라. 이때 천자, 서원에서 기도하기를 일삼으니 간의태후[2] 서해가 글을 올려 간하고 승상 엄숭의 허물을 탄핵하니, 보시고 크게 노하사 서해를 삭직하시고,

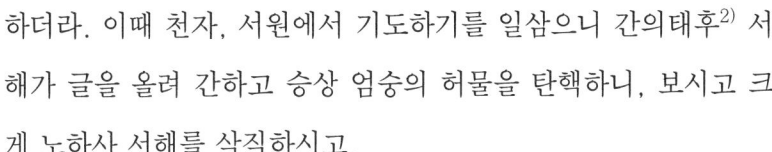

"먼 곳에 보내 충군(充軍)[3]하라."

하시니 유 한림이 또 글을 올려 구한대 임금이 한림을 꾸짖으시고, 인하여 조서를 내려 가로되,

"일후 만일 기도함을 막는 자가 있으면 목을 베리라."

하시니 한림이 또한 병을 핑계로 조정에 들어가지 아니하더라. 도원관에 도진인[4]이란 자가 있으니 한림과 친한지라 문병하러 왔거늘, 한림이 모든 손을 다 보내고 다만 진인을 머무르게 하고 내실에 들어가 기운을 살피라 하니, 진인이 두루 본 후 이르되,

"비록 대단하지 아니하나 또한 좋지 아니하다."

하고, 사람으로 하여금 침벽(寢壁)을 뜯고 나무로 만든 사람 여럿을 얻어내니 한림이 크게 놀라 변색하거늘, 진인이 웃어 가로되,

"이는 구태여 사람을 해하려 함이 아니라, 상공의 시첩 중에서 사랑을 받고자 함이라. 자고로 이런 일은 사람의 정신을 요란하게 하는 계교니 없애고, 또 집안에 좋지 못한 기운이 떠도니 이런 일을 술법에 이른바, '주인이 집을 떠나리라' 하였나니 모름지기 조심하여 재앙이 없게 하소서."

한림이 가로되,

"삼가 명심하리이다."

하고, 진인을 후히 대접하여 보내고 생각하되,

'가중에 이런 일이 있으면 사씨를 의심하였더니, 이제 사씨 없고 방을 고친 지 오래지 않은데 이런 요물이 있으매 반드시 가중에 악사를 짓는 자가 있도다. 이로써 볼진대 사씨 그 아니 애매하던가?'

하고, 의심이 만단으로 일어나더라. 본디 이 일은 교녀, 십랑과 더불어 계교한 바거늘, 창졸에 백자당에 잔 핑계를 꾸미려 하여 몽사 번잡하다 하였으나 일이 발각되니, 한림이 비록 교녀가 한 일인 줄 깨닫지 못하되, 적년 미혹하였던 총명이 돌아온 듯 머리를 숙이고 지난 일을 생각하며 정히 의심하던 차에 장사로부터 두 부인의 서찰이 이르렀거늘, 반가이 떼어보니 글월의 뜻이 깊고 오히려 사씨가 출거한 줄 모르고 당부한 말씀이 더욱 간절한지라. 심중에 생각하되,

'사씨의 위인이 현철한데 옥지환은 친히 보았으나 혹시 시비

중에서 도적함이 괴이치 아니하고, 시비 춘방이 죽을 때에 납매 등을 꾸짖고 죽었으나 종시 불복하였으니 왜 그리하였을까?'

하고 불평하더라. 교녀, 이후로 한림의 기색이 전일과 다름을 보고 크게 두려워하야 동청에게 가로되,

"내 한림의 기색을 보니 앞날과 다른지라. 아마 우리 두 사람의 일을 아는가 싶으니 어쩌면 좋을꼬?"

동청이 가로되,

"우리 일은 가중에서 모르는 이가 없으되 한림의 귀에 가지 아니함은 부인을 두려함이라. 한림이 만일 뜻을 변하면 참소하는 자 많으리니, 우리 두 사람은 죽어 묻힐 땅이 없으리로다."

교녀 가로되,

"일이 이 같으니 어찌하리오? 나는 여자라 소견이 없으니, 낭군은 좋은 꾀를 생각하여 화를 면케 하라."

동청이 가로되,

"오직 한 꾀가 있으니, 옛말에 이르되 '남이 나를 저버리거든 차라리 내 먼저 남을 저버리라' 하였으니, 가만한 때에 독약 한 봉을 섞어 한림을 해하고 우리 두 사람이 해로하면 무슨 해로움이 있으리오."

교녀, 잠자코 있다가 가로되,

"이 말이 근사(近似)하거니와, 행여 누설하면 화를 면치 못하리니 조용히 의논하리라."

하더라.

이때, 한림이 병을 칭탁하고 조정에 들어가지 아니한 지 오래매 혹 벗을 찾아다니더니, 동청이 우연히 한림의 책상 위에서 한 글을 얻어내니 이는 곧 한림의 지은 바라. 두어 번 보다가 문득 기뻐 날뛰며 가로되,

"하늘이 우리 두 사람으로 하여금 백년해로를 점지하심이로다."

교녀, 황망히 물어 가로되,

"어인 말인고?"

동청이 가로되,

"접때 천자 조서를 내리사, '내 기도하는 것을 간하는 신하는 곧 죽이리라' 하셨는데 지금 이 글을 보매 시절을 두고 희롱하여 엄 승상을 간악한 소인에 비하였더니, 이 글을 가지고 가서 엄 승상을 뵈면 엄 승상이 천자께 아뢰어 법으로 다스리리니 우리 두 사람이 어찌 백년해로를 하지 못하리오."

교녀 크게 기뻐하여 제 뺨을 동청의 뺨에다 대어 유란한 교태를

1) 중국 남송 초기의 정치가(1090~1155). 자는 회지(會之). 악비를 죽이고 주전파를 탄압하면서 금(金)과 굴욕적인 화약을 맺어 뒤에 간신으로 몰림.
2) 중국 북송 신유 사람으로, 진종 때에 벼슬이 동평장사에 이르고, 꿈에 신인(神人)이 천서(天書)를 태산에 내려보낸다 하여 산에 사당 등을 짓고 국정을 문란하게 함.
3) 나라의 기강이 문란함을 일컫는 말.

부려 가로되,

"전일에 말씀하던 꾀는 위태하더니 이는 남의 손을 빌어서 없이함이니 어찌 쾌치 아니하리오."

하고, 음란한 행사 무궁하니 이런 악독한 계집이 어디 또 있을까.

차설. 동청이 유 한림의 글을 소매에 넣고 바로 엄 승상 부중에 나아가 뵈옴을 청한대, 엄숭이 들어오라 하여 물어 가로되,

"무슨 일로 왔느뇨?"

동청이 대답하여 가로되,

"천생은 한림학사 유연수의 문객이옵니다. 비록 그 집에 머물러 있으나 그 사람의 의논을 듣사온즉, 매양 승상을 해하고자 하므로 늘 마음이 불안하더니, 어제 연수 술을 마시고 취하여 소생에게 이르되, '엄숭은 임금을 그릇 지도하는 소인이라' 하고 또 지금 세상을 송나라 휘종 시절에 비하여, '비록 간하지 못하나 글을 지어 내 뜻을 표하리라' 하고 이 글을 지어 쓰거늘, 천생이 그 글뜻을 물으니 숭상을 옛적 간신 진회[1]와 왕흠약[2]에게 비하여 짐짓 묘한 글이라 일컫거늘 천생이 도적하여 승상께 드리나이다."

엄숭이 받아 보니 과연 옥배천서(玉杯天書)[3]란 문자 있거늘, 숭이 냉소하여 가로되,

"유연수의 부자 홀로 내게 항복하지 아니하더니 망녕된 아이 대신을 희롱하니 죽고자 하는도다."

하고, 글을 가지고 궐내에 들어가 아뢰되,

"근래 기강이 풀어져 젊은 학사, 국법을 두려워하지 아니하오니 심히 한심하온지라. 이제 성상이 법을 세워 계시거늘, 한림 유연수 감히 신원평[1]의 옥배와 왕흠약의 천서로 신을 욕하오니, 신이야 무슨 말씀 하오리까마는 성군을 희롱하오니, 마땅히 국법을 밝힘직 하오이다."

하고, 이에 국궁(鞠躬)[2]하여 글을 받들어 천자 앞에 올리니 천자께서 글을 받아 보시고 크게 노하사 유연수를 금의옥에 가두시고 장차 사형을 내리려 하시더니, 태후 서해가 글을 올려 가로되,

"충신을 죽이려 하시나 그 죄를 알지 못하오니, 청컨대 그 글을 내리시어 알게 하소서."

천자께서 글을 보이시고 가로되,

"유연수, 옥배천서로써 나를 희롱하니 어찌 죽기를 면하리오."

서해 가로되,

"이 글을 보오니 옥배천서로 천자를 희롱함이 분명하지 못하고 한 문제와 송 진종은 태평성군이라. 유연수 죄를 입사오나 죽을 죄는 아니거늘, 어찌 밝게 살피지 아니하시나이까?"

천자께서 잠자코 있으니, 엄숭이 좌우에서 간하는 말이 일어남

---

1) 중국 한나라 문제 때 사람으로, 장안 동북쪽에 신기가 있어 오색이 찬란하니 사당을 세우라 하여 위양오제묘를 세워 벼슬이 상대부가 되는 등 갖은 거짓말을 하여 결국 죽음을 당함.
2) 존경의 뜻으로 몸을 굽힘. 몸을 굽혀 절함.

을 보고 가장 불평하나 남의 이목을 가리지 못하여 착한 체하여 아뢰어 가로되,

"학사의 말이 이와 같으니 유연수를 귀양 보냄이 마땅하여이다."

천자께서 허락하시니 엄숭이 유사에게 분부하여,

"행주로 귀양 보내라."

하고, 돌아오니 동청이 승상에게 가로되,

"이와 같은 중죄인을 어찌 죽이지 아니하시나이까?"

엄숭이 가로되,

"간하는 말이 있어 죽이지는 못하였으나 행주는 기후와 풍토 사나와 북방 사람이 가면 살아오는 이 없으니 칼로 죽이는 것이나 다름이 없도다."

하니, 동청이 크게 기뻐하더라. 이때 한림이 불의에 나쁜 일을 만나 장차 길을 떠날새, 교녀가 비복을 거느려 성 밖에 나아가 통곡하며 이별하여 가로되,

"첩이 어찌 홀로 있으리오. 상공을 좇아 생사를 한가지로 하려 하나이다."

한림이 가로되,

"내 이제 험한 땅에 가면 생사(生死)를 알 수 없으니 그대는 좋이 있어 제사를 받들고 인아를 잘 길러 아내를 맞아들인즉 그대 몸을 의지하여 살지니 어찌 나와 한가지로 가리오. 인아 비록 사

사씨남정기

나운 어미의 소생이나 골격이 비범하니, 거두어 잘 기르면 내 죽어도 눈을 감으리로다."

교녀 가로되,

"상공의 자식이 곧 첩의 자식이라. 어찌 봉추와 달리하여 박대하오리까?"

한림이 재삼 부탁하더라. 한림이 옥에 나올 때에 동청의 일을 잠깐 말하는 사람이 있거늘, 집안 사람에게 가로되,

"동청을 보지 못하니 어쩐 일인가?"

비복 등이 가로되,

"나간 지 삼사 일이로소이다."

한림은 들은 말이 옳은 줄을 알고 대단히 분하나, 할 수 없어 관차[1]를 따라 남으로 향하니라. 이 뒤로는 동청이 엄숭의 가인이 되어 세도를 얻어 진류[2] 현령이 되매 교녀에게 일러 가로되,

"내 이제 진류 현령을 하여 모래면 떠날 것이니 나와 한가지로 가자."

하거늘, 교녀 좋아 날뛰며 집 안에 말을 내되,

"사촌 종형이 먼 시골서 살더니 이제 병이 중하매 영결(永訣)하여 기별이 왔기로 간다."

1) 관아에서 일하는 군노(軍奴).
2) 진류는 중국 강소 패현 동쪽에 있음.
3) 위엄이 있는 몸가짐이나 차림새.

하고, 믿을 수 있는 시비 납매 등 오륙 명과 인아·봉추를 데리고 그 나머지 비복들은 집을 지키라 하니, 모든 비복이 다 명령을 주의 깊게 듣되 인아의 유모 따르고자 하거늘 교녀 가로되,

"인아는 젖을 아니 먹고 내 또 수이 오리니, 네가 함께 가서 무엇하리오."

꾸짖어 물리치고 금은주옥과 모든 경보(輕寶)를 다 거두어 가지고 집을 떠나니 누가 감히 막으리오. 수삼 일 만에 하간에 이르니 동청이 위의(威儀)[3]를 차리고 벌써 와 기다리다가 서로 만나 반기더라. 동청이 가로되,

"인아는 원수의 자식이니 데려다 무엇하리오. 일찍이 죽여 화근을 없이 하리라."

교녀 그 말을 옳이 여겨 설매에게 가로되,

"인아, 장성하면 나와 네가 편하지 못하리니 빨리 데려다가 물에 넣어 자취를 없이 하라."

설매, 그 말을 듣고 인아를 안고 물가에 오니 아이 오히려 잠이 깊게 들었거늘, 차마 해치지 못하고 스스로 눈물을 흘리고 가로되,

"사 부인 성덕이 저 물 같거늘 내 무상하여 그를 모해하고 이제 또 그 아들마저 해하면 어찌 천벌이 없으리오."

하고, 인아를 숲 속에 누이고 돌아와 교녀에게 가로되,

"아이를 물속에 넣으니 물결 속에 들락날락하더니 필경 보이지

않더이다."

교녀와 동청이 크게 기뻐하여 배에 올라 술을 부어 서로 권하고 거문고를 타며 노래를 부르니, 음란한 행사 이루 다 말할 수 없더라. 육지에 내려 위의를 갖추고 진류에 도임하니라.

차설. 유 한림이 금의옥식으로 생활하다가 뜻밖에 귀양살이를 하매 그 고초 측량 없고, 수토가 사나운지라. 이에 전일을 생각하고 뉘우쳐 가로되,

"사씨, 일찍이 동청을 꺼리더니 이제 그 말이 옳은지라. 지하에 가면 무슨 면목으로 선조를 뵈오리오.'

하고 길이 탄식하매, 심화가 병이 되어 죽을 지경이로되, 이곳은 본디 약이 없는지라. 병세 날로 침중하더니, 하루는 비몽사몽간에 한 늙은 할미가 병을 가지고 들어와 이르되,

"상공의 병이 위중하시니 이 물을 먹으면 좋으리로다."

하거늘 한림이 물어 가로되,

"그대는 누구관대 죽어 가는 사람을 구하느뇨?"

늙은 할미 가로되,

"나는 동정호 군산에 사노라."

하고, 병을 뜰 가운데 놓고 가거늘 다시 묻고자 하다가 깨어 보니 한 꿈이라. 가장 이상히 여겼더니, 이튿날 아침에 노복이 뜰을 쓸

1) 어떤 지방의 수질이나 토질에 맞지 않아 생기는 병을 통틀어 이르는 말.

다가 이상한 낯빛으로 들어와 고하되,

"뜰에서 물이 솟아나나이다."

한림이 괴이히 여겨 창을 열고 보니, 꿈에 늙은 할미가 병을 놓던 곳이라. 물을 떠오라 하여 먹어 보니 맛이 달고 시원하여 감로를 먹은 듯하니, 나쁜 수토에 상한 병이 구름 걷듯 하여 원기가 싱싱하니, 보는 이가 다 놀라 괴이히 여기더라. 또 그 물이 마르지 아니하여 수십 집이 나누어 먹으니 행주에 토질(土疾)[1]이 없어지고 그곳 사람이 그 우물 이름을 학사정이라 하며 지금까지 전하여 오니라.

이때, 동청이 교녀와 더불어 진류에 도임한 후 재물을 탐내기를 일삼아 백성에게 세금을 더하고 온갖 악한 짓을 다하여 백성의 재물을 빼앗고도 오히려 부족하여 엄숭하게 글을 올려 가로되,

"진류 현령 동청은 고두재배(叩頭再拜)하고 승상 좌하에 글월을 올리나이다. 소생이 약한 정성을 다하여 승상을 섬기고자 하되 고을이 작아서 재물이 부족한 고로 마음과 같이 못 하오니 보물과 금은이 많은 남방의 관원을 하오면 정성을 다하여 섬기리라."

하였더라. 엄숭이 기뻐하여 적당한 시기에 남방의 큰 고을로 발령하고자 할새, 천자에게 여쭈어 가로되,

"진류 현령 동청이 재주가 사람에 지나고 정사를 잘 하오니 가히 큰 고을을 감당하올지라. 성상은 살피소서."

천자가 그 말을 옳이 여겨 계림[1] 태수를 제수하시니 동청 크게 기뻐하여 계림에 부임하니라.

이적에 천자, 태자를 책봉하시고 온 천하의 죄인을 모두 놓으시니, 유 한림이 은사(恩赦)를 만났으나 서울로 바로 가지 아니하고 친척이 무창[2]에 있으므로 그리로 갈새, 여러 날 행하여 장사지경에 이르니 때는 정히 유월이라. 날이 대단히 덥고 몸이 곤하므로 길가 그늘에 앉아 생각하되,

'내 신령이 도움을 입어 삼 년 수토에 상한 병이 스러지고 또 은사를 입어 돌아오니, 서울에 가서 처자를 데려다 고향에 돌아와 농부가 되리라.'

하고 앉았더니, 문득 북쪽에서 사람의 소리 요란하며 붉은 곤장 든 사령과 각색 깃대 든 아전이 쌍쌍이 오며 길을 치우라 하거늘, 한림이 몸을 숲에 감추고 보니 한 관원이 금안백마(金鞍白馬)에 위의 거룩하게 지나거늘 자세히 보니 분명한 동청이라. 놀라 생각하되,

'이놈이 어찌 저렇게 높은 벼슬을 하였는고?'

하고, 가만히 거동을 살피건대,

'자사 아니면 태수 벼슬을 하였도다. 제 엄숭에게 부치어 그리

1) 계림은 중국 광동성에 있는 군.
2) 중국 호북 악성현에 있는 군.
3) 무늬가 있고 빛깔이 울긋불긋한 옷을 입은 시녀.

112

되었도다.'

하고, 더욱 분하게 여기더니 문득 또 치우라는 소리나며 채의시녀(彩衣侍女)[3] 십여 인이 칠보(七寶) 금덩이를 옹위하고 지나니 위의 또한 강한지라. 모두 지난 뒤에 한림이 길에 나와 주점에 들어 점심을 먹고 쉬더니, 문득 맞은편 집에서 한 여자가 나오다가 한림을 보고 놀라 물어 가로되,

"상공이 어찌하여 이곳에 계시니잇고?"

한림이 자세히 보니 곧 설매라. 놀라 물어 가로되,

"나는 지금 은사를 입어 북으로 가는 길이거니와, 너는 어찌 이곳에 왔으며 가중이 다 평안하냐?"

설매, 황망히 한림을 모셔 사람 없는 곳으로 가서 눈물을 흘리며 가로되,

"어찌 한 입으로 다 아뢰오리까? 상공은 아까 지나는 행차를 누구로 아시나이까?"

한림이 가로되,

"동청이 무슨 벼슬을 하여 가나 보더라."

설매 또 가로되,

"뒤에 가는 행차는 누구로 아시나이까?"

한림이 가로되,

"그는 동청의 내권(內眷)이 아니냐?"

설매 가로되,

113

"동청의 내권이 곧 교 낭자라. 소비도 따라가다가 말에서 떨어져 옷을 갈아입으려 하여 이 주점에 들렀다가 상공을 뵈올 줄 어찌 뜻하였으리잇고?"

한림이 듣기를 다한 뒤에 정신을 잃고 한참 동안이나 있다가 가로되,

"세상일이 참으로 기구하도다. 아무튼 이야기나 자세히 해 보아라."

하니, 설매 머리를 땅에 조아리고 울어 가로되,

"소비 하늘을 속이고 주인을 저버린 죄 천지에 가득하오니 사죄를 청하나이다."

한림이 가로되,

"네 죄는 말할 것 없고 그간 사정이나 자세히 말하라."

설매 울며 가로되,

"사 부인이 비복을 은의(恩義)로 거느리시되, 불충한 소비 아득하여 납매의 꾐에 들어 옥지환을 도적하고 장주를 죽여 부인을 출거하게 함이 모두 소비의 죄오며, 교 낭자 동청과 사통하여 십랑과 공모함이요, 상공을 행주로 귀양 보내심도 교 낭자와 동청의 꾀함이요, 상공이 가신 후 교 낭자 도망할 뜻을 내어 형을 보러 간다 하고 동청에게로 가니, 소비 비록 천인이나 어찌 이런 변을 보았사오리까. 교 낭자, 투기와 형벌이 혹독하여 시비를 악형으로 위협하니, 소비도 죽을 고초를 많이 당하였나이다."

하고, 팔을 걷어 불로 지진 곳을 보여 가로되,

"사 부인을 저버리고 교 낭자를 섬긴 것은 어머니를 버리고 범의 입에 들어감이라. 소비, 무엇을 알리이까? 다만 납매의 꾐에 빠지고 돈에 팔림이오니 만번 죽더라도 죄를 면치 못하리로소이다."

한림이 다 들은 뒤에,

"인아는 어찌 되었느냐?"

설매 가로되,

"교녀, 소비로 하여금 공자를 물에 넣으라 하거늘, 차마 하지 못하고 갈대숲에 감추어 두고 왔사오니 혹시 근처에 사람이 거두어 기르는가 하나이다."

한림이 잠깐 안색을 펴 가로되,

"살았으면 너는 내 은인이로다. 그러나 내 사람답지 못하여 음부에게 속아 무죄한 처자를 보전하지 못하니 무슨 면목으로 세상에 서리오."

설매 가로되,

"데리러 온 사람이 밖에 있으니 지체하오면 의심할지라 바삐 한 말씀을 고하나이다. 어제 악주에서 행인을 만나 들으니 그 사람이 가로되, '유 한림 부인이 장사로 가시다가 풍랑을 만나 물에 빠져 죽었다' 하고 혹은 '살았다' 하여 소문이 자세하지 못하오니 아뢰나이다."

하고, 급히 가니라.

이때 교녀, 설매의 늦게 온 연고를 물은대 설매 가로되,

"낙상한 데가 아파 속히 오지 못하였나니다."

교녀는 의심이 많고 간사한 인물이라. 설매의 동행인에게 물어 가로되,

"어찌 더디 온다?"

그자가 가로되,

"주점에서 한 사람을 만나 이야기하더이다."

또 물어 가로되,

"그 사람이 어떤 사람이라 하더뇨?"

대답하여 가로되,

"귀양갔다 오는 유 한림이라 하더이다."

교녀 크게 놀라 급히 동청을 불러 의론하니, 동청이 또한 놀라 가로되,

"이놈이 남방 귀신이 되었는가 하였더니 살아서 돌아오니, 만일 뜻을 이루면 우리는 살지 못하리라."

하고, 건장한 장정 수십 인을 빼어,

"빨리 가서 유연수의 머리를 베어 오면 천금을 상주리라."

하니, 모두 청령하고 따라가니라. 이때 설매, 일이 발각되매 죽을 줄 알고 집 뒤에 가서 목을 매고 죽으니, 교녀가 알고 제 손으로 죽이지 못한 것을 한하더라.

이적에 유 한림이 길을 찾아가며 생각하되,

116

'내 음부의 간교한 말을 듣고 현처를 멀리하고 자식까지 잃어버리고 일신이 표박하니 만고에 죄인이라. 무슨 낯으로 지하에 돌아가 부인과 자식을 대하리오.'

하고, 악주 땅에 이르러 강가에서 배회하면서 사람을 만나 사 부인의 종적을 물으니 모두 "모르노라" 하더라. 한림이 또다시 한 노인을 만나 물으매 말하되,

"모년 모월 모일에 한 부인이 두 여자를 데리고 악양루에 올라 밤을 지내고 장사로 가더니 그 뒷일은 알지 못하노라."

하거늘, 한림이 더욱 슬퍼하여 강가로 두루 찾더니, 문득 보니 길가에 소나무를 깎고 크게 썼으되,

'모년 모일에 사씨 정옥은 이곳에서 눈물을 뿌리고 물에 빠져 죽노라.'

하였거늘, 한림이 이에 통곡 기절하니, 종자(從者) 황망히 구하여 깨매 슬픔을 이기지 못하여 길이 탄식하여 가로되,

"부인의 현숙한 덕행으로 이렇게 참혹히 죽었으니 어찌 슬프지 아니하리오. 마땅히 제사를 지내리라."

길가 술집에 들어가 방을 빌어 제문을 쓰려 하니 마음이 아득하여 눈물이 앞을 가리우는지라. 홀연 밖에서 함성이 진동하거늘, 살펴보니 도적놈들이 창검을 들고 따라오며 크게 외쳐 가로되,

"유연수만 잡고 타인은 상치 말게 하라."

하거늘, 한림이 크게 놀라 불분동서(不分東西)하고 달아날새, 멀

리 가지 못해서 길이 없고 큰 강이 앞을 막는지라. 정신이 아득하여 어떻게 할 줄을 모르더니 후면에서 크게 불러 가로되,

"유연수 강가로 갔으니 자세히 찾으라."

하거늘, 한림이 하늘을 우러러 탄식하여 가로되,

"내 처자를 무죄히 박대하였으니 어찌 천벌이 없으리오. 남의 손에 죽느니보다 차라리 물에 빠져 죽으리라."

하고, 정히 물에 빠져 죽으려 하더니 문득 배 젓는 소리 은은히 들리거늘, 한림이 찾아 나아가니 이 어떤 사람이 있어 한림이 위급함을 구하는고? 다음을 볼지어다.

차설. 묘혜 사 부인을 모셔 세월을 보내더니, 하루는 부인이 가로되,

"일찍이 존구 현몽하시기를, '사월 망일에 배를 백빈주에 매어 급한 사람을 구하라' 하셨으니 오늘이 정히 그날이니 마땅히 가리로다."

하니, 묘혜 깨달아 이날 황혼에 배를 저어 백빈주로 오니라. 한림이 사람의 소리를 좇아 강가로 내려오며 바라보니, 두 여인 일엽편주를 홀로 저어 노래를 부르며 오니, 그 노래에 하였으되,

"창파에 달이 밝으니, 남호에 흰 마름을 캐리로다. 연꽃이 아름

1) 일명 구의산이라고도 하며, 중국 호남 영원현에 있음. 순임금이 이 산에서 죽었다고 함.

다이 웃고자 함이나, 배 젓는 사람을 시름하는도다."

또 한 여자 회답하되,

"물가에 마름을 캐니, 강남에 날이 저물었도다. 동정에 사람이 있어 고인을 만나도다."

하는지라. 한림이 급히 불러 가로되,

"강상 선랑은 배를 대어 급한 사람을 구하라."

하니, 묘혜 배를 대니 한림이 배에 올라 이르되,

"뒤에 도적이 따르니 빨리 저으라."

하는지라. 말을 마치자 도적이 크게 외쳐 가로되,

"배를 도로 대어라. 그렇지 않으면 너희들이 다 죽으리라."

하거늘, 묘혜 듣지 못한 체하고 배를 빨리 저어 가니, 도적들이 크게 소리하여 가로되,

"너희 배에 올라간 놈은 살인한 놈이니, 계림 태수께서 잡으라 하시매 잡아오면 큰 상을 주리라."

한림이 이 소리를 들으며 동청이 보낸 놈들인 줄 알고 여랑들에게 하는 말이,

"나는 유 한림이란 사람이오, 저놈들은 도적이라."

하거늘, 묘혜 배를 빨리 젓고 이에 돛을 달며 노래하여 가로되,

"창오산[1] 저문 하늘이 달빛에 밝았으니 구의산에 구름이 헐어지도다. 저기 저 속객(俗客)은 독행천리 무슨 일인고? 아마도 부질없이 가는도다."

하였더라. 이때 한림이 묘혜의 노래를 듣고 아무 말인 줄도 알지 못하고 따라서 선중에 들어가니, 한 부인이 소복담장(素服淡粧)[1]으로 앉았다가 한림을 맞아 슬피 울거늘, 한림이 보니 이 곧 사 부인이라. 슬프고 반가움을 이기지 못하여 서로 붙들고 일장통곡 하다가 한림이 가로되,

"이에서 상봉함은 천만뜻밖이라."

하고, 한헌(寒暄)[2]을 편 후 길이 탄식하여 가로되,

"내 낯을 들고 부인을 보니 부끄러움을 이기지 못할지라. 무슨 말을 하리오. 그러나 부인은 정신을 진정하여 연수의 불명함을 들으소서."

하고, 부인이 집을 떠난 후 요인(妖人)의 전후 일을 다 이르며, 교 녀가 십랑과 더불어 방자하던 말이며, 또 설매가 옥지환을 도적 하여 동청을 주매, 동청이 냉진을 보내 속여 이르던 말을 하니, 사씨 눈물을 흘려 가로되,

"상공이 이 말씀을 아니하셨으면 첩이 구천에 돌아간들 어찌 눈을 감으리까?"

한림이, 장주를 죽이고 설매로 하여금 춘방에게 미루던 말이며, 동청이 엄숭에게 없는 죄를 꾸며 고해 바쳐 자기를 사지에 보낸

1) 흰옷을 입고 엷게 화장을 함.
2) '한훤'의 잘못 전해진 글자의 음(音). 일기(日氣)에 관한 인사.
3) 제사를 지낼 자손이 없어 떠돌아다니는 외로운 혼령.

말과 교녀가 가중 보물을 다 가지고 동청을 따라간 말을 이르니, 사씨 잠자코 말이 없는지라. 한림이 또 탄식하여 가로되,

"다른 것은 그만이지만 인아는 부인을 잃고 또 아비를 잃어 강물 속의 무주고혼(無主孤魂)[3]이 된 듯하니 어찌 슬프지 아니하리오."

하고, 눈물이 비 오듯 쏟아지니, 사씨 이 말을 듣고 "애고" 한마디 소리에 곧 기절하는지라. 한림이 구하여 다시 가로되,

"설매의 말을 들으니 제 차마 죽이지 못하고 물가의 숲에 두었다 하니, 혹시 하늘이 살피사 다행히 살았으면 하나이다."

사씨 울며 가로되,

"설매의 말을 듣고 어찌 믿으며, 설사 숲에 두었더라도 어찌 살기를 바라리오."

이렇듯 문답하여 슬픔을 이기지 못하다가 한림이 또 가로되,

"회사정 필적을 보니 부인이 물에 빠짐이 분명하므로 노방역려(路傍逆旅)에서 제문을 짓다가 동청이 보낸 무리를 만나 꼭 죽게 되었더니, 뜻밖에 부인의 구함을 얻어 살아났으니 부인은 어디로부터 이에 왔으며, 어찌 배를 저어 나를 구하셨느뇨?"

사씨 가로되,

"첩이 선산 무덤가에 있을 때에 도적이 위조 편지를 하여 위급한 화를 당하게 되었는데, 시부모님께서 현몽하사 모년 모월 모일에 배를 백빈주에 매어 급한 사람을 구하라 하시던 말씀을 일

일이 전하며, 다행히 저 스님을 만나 여태껏 의지하였으며, 회사정의 글은 죽으려 할 때 썼으나 저 스님의 구함을 입어 잔명을 보전하였거니와 이에서 상공을 만날 줄이야 어찌 뜻하였으리오."

한림이 탄식하여 가로되,

"우리 부부는 묘혜 스님이 구한 바이니 은혜 태산같도다."

하고, 묘혜를 향하여 절하고 사례하여 가로되,

"스님이 본디 우화암에 있던 묘혜 선사가 아닌가? 당초에 우리 부부의 혼사를 담당하고 우리 부부를 죽을 땅에서 구하니, 하늘이 우리 부부를 위하여 스님을 내셨도다."

묘혜 사양하여 가로되,

"상공과 부인의 천명이 거룩하심이니 어찌 소승의 공이리까? 그러하오나 여기는 오래 말씀할 곳이 아니니 암자로 가사이다."

하고, 인하여 객당을 정히 청소하고 한림을 맞아 차를 드릴새, 유모와 차환이 한림을 보고 일희일비하더라. 한림이 사씨에게 가로되,

"내 이제 범의 입을 벗어났으나 의지할 곳이 없는지라. 무창에 가서 약간의 논밭을 수습하고 집안의 규율을 정돈한 후 서울에 올라가 가묘를 모셔 와 앞날의 죄를 용서하고자 하나니, 부인은

1) 각 군영에 딸린 권무근관·별무관·지각관·별무사 따위의 지방 관아의 군무에 종사하는 속역(屬役)의 총칭.

저버리지 아니하실진대 동행함을 바라나이다."

사씨 가로되,

"상공이 첩을 더럽다 아니하실진대 어찌 명령을 거역하리까? 첩이 당초에 출가할 때 친척을 모으고 가묘에 고하였사오니, 이제 첩이 돌아가매 사람을 대함이 부끄러운지라. 출거한 사람이 다시 들어가는데 예절이 없지 못할 것이요, 예법을 좇아 행함이 좋을까 하나이다."

한림이 가로되,

"이는 내 불민함이라. 이제 가묘를 모셔 오고 일변 인아의 소식을 알아 찾아오고 예를 갖추어 데려가리이다."

부인이 가로되,

"그러하오나 상공의 외로운 몸이 도적을 만나면 위태하오리니 조심하여 행하소서. 동청이 도적을 보내 상공을 잡지 못하였으니 필연 다시 잡으려 할 것이니, 원컨대 상공은 성명을 감추고 행하소서."

한림이 응낙하고, 이에 부인과 묘혜를 작별하고 행하여 여러 날 만에 무창에 이르러 여간 재산을 수습하고 가묘를 수축하고 노복을 단단히 타일러 농업을 다스리라 하다.

차설. 동청이 교녀와 더불어 계림으로 가다가 중로에서 유 한림이 사(赦)를 입어 돌아옴을 듣고 크게 놀라 장교(將校)[1]를 보내 목을 베어 오라 하였더니, 얼마 후 장교들이 돌아와 고하되 유연

수를 잡지 못하였다 하는지라. 동청과 교녀 더욱 놀라 가로되,

"이제 유연수, 서울에 가면 우리 죄상을 임금에게 아뢰고 분을 풀 것이니, 우리 어찌 마음을 놓으리오."

하고, 갔던 장교를 분부하여,

"유연수를 극력 심방하여 잡아들이라."

하니라. 이때 냉진이 의지할 곳이 없어 생각하되,

'이제 동청이 큰 벼슬을 하였으니 내 그리 가서 의지하리라.'

하고, 동청을 찾아가니 동청이 맞아 잘 대접하고 심복을 삼아 한가지로 악한 일을 행하여 백성들과 행인의 재물을 빼앗으니, 이러므로 남방 사람이 뉘 아니 동청을 죽이려 하리오마는 다 승상 엄숭의 세도를 두려워하여 입을 열지 못하더라. 교녀, 계림에 간 지 오래지 아니하여 그 아들 봉추 병들어 죽으니, 교녀 슬픔을 이기지 못하더라. 동청은 그 고을에 일이 많으므로 몸소 여러 군대를 돌아다니게 되어 냉진이 그 집의 안팎일을 맡아보게 된지라. 그러므로 교녀를 사통하여 마치 유부에서 동청과 사통하듯 하더라.

이때, 동청이 엄숭을 섬김이 더욱 극진하여 십만 보화를 갖추어 냉진으로 하여금 엄 승상 생신에 바치고자 하여 보내니, 냉진이

1) 대궐 문루에 달아 두고 백성들이 원통한 일을 당해 하소연할 때 치던 큰 북. 조선 시대 태종 때의 신문고와 같음.
2) 중국 한나라가 도읍했던 섬서성 서안부의 옛 이름.

서울에 와서 들으매 천자께서 엄숭의 간악함을 깨달으시고 삭탈
관직하여 옥에 가두고,

"그의 재산을 몰수해 거두어라."

하였거늘, 냉진이 생각하되,

"동청의 죄악이 많으되 사람이 모두 엄숭을 두려워하여 감히
말을 하지 못하였는데, 이제 이렇게 되었으니 마땅히 꾀를 쓰리
라."

하고, 이에 등문고(登聞鼓)[1]를 쳐서 변을 고하니 법관이 잡아 묻
거늘, 냉진이 가로되,

"소생은 북방 사람으로 남방에 다니러 갔더니, 계림 태수 동청
이 악독하여 학정을 일삼을 뿐 아니라 백성을 못살게 하고 행인
의 재물을 탈취하는 죄가 많더이다."

한대, 법관이 이 연유를 고하니, 천자 크게 노하사 금오관으로 하
여금,

"동청을 잡아 가두라."

하고, 조사를 하여 보니 과연 냉진의 말과 같은지라. 조정에 엄숭
이 없으니 누가 동청을 구하리오. 동청이 재물을 드려 살기를 구
하나 어찌 그 말을 들으리오. 속절없이 장안[2] 거리에 내다 베어
죽이고 그 가산을 모두 거두어들이니, 황금이 사만 냥이요, 금주
보패(金珠寶貝)는 다 헤아릴 수 없더라.

냉진이 계림으로 사람을 보내 교녀를 데려왔으나 서울에 있는

것이 불편하여 산동으로 갈새, 교녀 본디 냉진과 살기가 소원이라. 몸에 가진 바 가벼운 보배 많고 냉진의 가진 돈이 십만 금이라. 두 사람이 좋아 날뛰며 재물을 싣고 가더니 한 곳에 이르러 주점에 들어 술이 만취하여 굴러 자더라. 냉진의 짐을 싣고 가던 차부 정대관이란 자는 본래 도적놈이라. 냉진의 행장에 재물이 많음을 알고 욕심이 크게 일어 이 밤에 다 도적하여 가지고 달아나니, 냉진과 교녀가 잠을 깨어 행장을 찾은즉 아무것도 없는지라. 이에 머무르고 그 고을에 정장(呈狀)[1]하였으나 잡지 못하였더라.

이적에 천자, 조회를 받을새, 각 읍 수령의 정사를 탐문하시는 중 동청의 죄상을 보시고 가로되,

"이놈을 누가 천거하여 벼슬을 시켰느냐?"

서각로 아뢰어 가로되,

"엄숭이 천거하여 진류 현령으로 계림 태수까지 승차함이로소이다."

천자 가로되,

"그러면 엄숭이 천거한 자는 다 소인이요, 엄숭이 배척한 자는 다 어진 사람이라."

---

1) 소장(訴狀)을 냄. 여기에서 소장이란 청원할 일이 있을 때에 관청에 내는 서면을 말함.

하시고, 곧 이부를 명하사 엄숭이 천거한 사람 수백 인을 사직하게 하고 귀양갔던 신하들을 다 불러 쓸새, 간의태후 호연세를 도어사로 하시고, 한림학사 유연수를 이부시랑으로 하시고, 또 과거를 보여 인재를 구하실새, 이때 사 급사의 아들 희랑이 역시 과거에 급제하여 문호를 빛나게 하니라.

차설. 사씨 전일 남방으로 행할 때에 사 공자가 바람결로 대강 들어 알았으나 그때에 두 추관이 또한 이직하여 성도로 가매 사 공자 미처 서신도 부치지 못하고, 또 사씨의 중간 낭패를 알지 못하므로 정히 배를 타고 촉중으로 들어가 만나 보려 하더니, 마침 들으매 두 추관이 순천 부사를 하였다 하고, 또 과거날이 가까웠으므로 두 추관이 오기만 기다리더니, 이때 마침 순천 부사 상경하였다 하거늘, 사공이 즉시 찾아가서 누이의 소식을 물으니 부사 눈물을 흘려 가로되,

"나도 소식을 듣지 못하였도다. 소제, 장사에 있을 때에 존수(尊嫂) 남으로 가는 배를 얻어 내게 의지하고자 하다가 중로에서 낭패하여 마침내 물에 빠져 자처하였다 하니, 나도 존수의 소식을 알고자 하여 사람을 보내 두루 찾되 아득한지라. 그곳 사람이 혹 이르되, '유 한림이 이곳에 와서 사 부인의 빠져 죽는다는 내용의 필적을 보고 슬픔을 이기지 못하여 제전을 갖추어 치제하려 하다가, 그날 밤에 도적에게 쫓겨 어디로 갔는지 모르노라' 하고 이제 조정에서 유 한림을 찾되 아무도 알 이 없다."

하거늘, 사 공자 청파에 가로되,

　"그러면 누이와 매부는 정녕 살지 못하였으리로다."

하고, 통곡함을 마지않으니 두 부인이 사 공자를 청하여 위로하
며 사람을 보내 각처로 탐문하고자 하더니, 마침 과거날이 당도
하여 사 공자 둘째 방에 뽑히고 즉시 강서 남창부 추관을 하니,
남창은 장사에서 멀지 않은지라. 사 공자, 벼슬의 높고 귀함보다
누이의 거처를 알게 되었음을 못내 기꺼하여 즉시 가족을 거느리
고 부임하니라.

　차설. 유 한림이 성명을 감추고 행세하니 아는 자 없는지라. 한
림이 가족과 더불어 농업을 힘써 양식을 군산 수월암에 보내 부
인께 드리고,

　"안부를 알아 오라."

하였더니, 가동이 돌아와 고하되,

　"부인은 무양하시고 악주 관문에 방이 붙어 상공을 찾거늘 그
연고를 물은즉, 옆의 사람이 말하기를 '천자, 유 한림을 이부시랑
으로 하시고 상공 종적을 몰라 각처에 방을 붙여 찾노라' 하나 소
복이 감히 바로 고하지 못하였나이다."

　한림이 생각하되,

　'엄숭이 세도하면 내 어찌 이부시랑을 하리오. 아마 엄숭이 물

1) 남의 누이를 존경하여 일컫는 말.

러남이로다.'

하고, 인하여 무창에 나아가 태수에게 통지하니, 태수 반기며 급히 맞아 가로되,

"천자, 선생을 이부시랑을 하시고 사명이 급하시더니, 이제 어디로부터 오시나이까?"

한림이 가로되,

"소생이 성명을 감추고 다니더니, 천자께서 엄숭을 내치자 소생을 부르시는 말을 듣고 왔나이다."

하고, 인하여 사람을 군산에 보내 부인에게 이 일을 통하니라. 이에 유 시랑이 오래 머물지 못하여 역마로 올라갈새, 남창부에 이르니 지방 관원이 모두 와서 명함을 드리거늘, 시랑이 보니 그 중 한 사람이 사경안이라 하였는지라. 처음에는 피차간 누구인지 몰랐다가 서로 만나매 채 말을 접하지 않아서 그 관원이 눈물이 얼굴을 가리우거늘, 괴이히 여겨 물으니 관원이 대답하여 가로되,

"자씨를 한번 이별한 후 생사를 모르다가 이제 매형을 만나게 되오니 어찌 슬프지 않으리오!"

시랑이 비로소 사 공자인 줄 알고 반가이 손목을 잡으며 허희탄식하여 가로되,

"내 어리석어 무죄한 그대의 자씨를 내치고 간사한 자의 화를 당함은 어찌 다 말하리오. 영자씨(令姊氏)[1] 다행히 여승 묘혜의 구함을 입어 지금 군산 수원암에 편히 있나니 염려하지 말라."

관원이 가로되,

"누이의 살아 계심은 매형의 복이요, 묘혜의 은혜로다."

시랑이 가로되,

"그대는 마음을 너무 상하지 말라. 천은이 넓고 크사 다 갚기 어려운지라. 내 덕이 적음으로 어찌 이런 행복을 얻으리오."

하고, 서로 술을 권하여 담화하다가 이별하니라. 시랑이 서울에 나아가 사은한대, 천자 보시고 전후 일을 후회하시니, 시랑이 고두사례(叩頭謝禮)하여 가로되,

"성은이 이와 같으시니 미신(微臣)이 황송하여이다. 신이 용렬하와 책임을 감당하지 못하겠사오니 벼슬을 거두심을 바라나이다."

천자 가로되,

"경의 뜻이 굳으니 특별히 강서백(江西伯)[1]을 내리나니 인심찰직(人心察直)하라."

시랑이 사은하고 본부에 이르니, 옛집이 황량하고 뜰 가운데 잡초가 무성하여 주인을 잃은 것 같더라. 슬픔을 이기지 못하여 사당에 나아가 통곡사죄하고 두 부인께 나아가 뵈옵고 사죄하니, 두 부인이 눈물을 흘려 가로되,

"내 여태껏 살았다가 현질을 다시 보니 지금 죽어도 한이 없도다. 그러나 네 조종향사(祖宗享祀)를 폐한 지 오래이니 그 죄 어

1) 중국 강서성의 방백. 방백은 관찰사의 옛 이름.

디 미쳤느뇨?"

시랑이 사죄하여 가로되,

"소질이 죄는 만번 죽어도 아깝지 않소이다. 다행히 부부 다시 합하였사오니 죄를 용서하소서."

두 부인이 기뻐하여 가로되,

"이는 다 현질의 액운이라. 옛말에 이르기를, '현인은 복을 내리고 악인은 재앙을 만난다' 하니 네 이제 허물을 뉘우쳐 스스로를 책망하느냐?"

시랑이 전후 사연을 일일이 고하니 두 부인이 눈물을 씻고 가로되,

"이와 같은 일이 어찌 세상에 또 있으리오!"

하더라. 모든 친척이 시랑을 보고 하례하고, 비복들이 반기며 눈물을 씻더라. 시랑이 가묘에 분향하고 조정에 영위를 모셔 강서로 떠날새, 두 부인이 사씨를 보고자 하여 눈물로 보내매 시랑이 또한 섭섭함을 이기지 못하더라. 이에 강서를 향하여 길을 떠나니 위의 거룩하더라. 사 추관이 누이를 데려올 일을 말하니, 시랑이 가로되,

"그대 먼저 가라. 내 마땅히 강가에 가서 맞으리라."

추관이 기뻐하여 위의를 차려 군산으로 향하니라. 이적에 사 추관이 군산에 이르니, 부인이 반갑게 맞고 슬픔을 이기지 못하여 적년 그리던 회포를 말하더니, 시랑의 서신을 드리거늘 받아 보

니 방백(方伯)[1]을 하였는지라. 부인과 추관이 묘혜에게 은혜를 사례하고 예물을 드리니, 묘혜 가로되,

"이는 부인의 복이라. 어찌 소승의 공이리잇고?"

이날 밤에 추관이 객당에서 자고 이튿날 부인과 떠날새, 묘혜와 제승이 산에 내려 이별하매 피차에 연연하여 차마 손목을 놓지 못하더라. 행하여 강서에 이르니 시랑이 벌써 와 기다리는지라. 비단 장막이 강가에 덮이고 옥절홍기(玉節紅旗)가 사방에 벌였더라. 시비, 새로 지은 의복을 부인께 드리니 칠 년 동안 입었던 소복을 벗고 화복(華服)[2]으로 부부 서로 합하니 진실로 세상에 희한한 일이더라. 배를 타고 행하여 강서에 이르러 부중에 들어가니, 노복 등이 맞아들이며 모두 기뻐 날뛰더라. 시랑 부부, 가묘에 나아가 절하고 뵈올새 축문을 지어 부부 다시 합함을 고하니 글뜻이 간절하더라. 강서 대소 관원이 모두 예단을 드려 하례하고 또 사 추관에 치사하더라. 사씨 돌아옴으로부터 인아를 생각하고 소식을 듣보되 마침내 종적이 망연한지라. 이러구러 십 년을 당하매, 부인이 시랑을 대하여 가로되,

"첩이 전일 사람을 그릇 천거하여 가사 흐리고 어지러우니 통분한 바라. 그러나 지금은 전일과 다르고 첩의 나이 사십에 이르

1) 관찰사.
2) 물을 들인 천으로 만든 옷.
3) 나이의 높임말. 연세.

고 생산하지 못한 지 십 년이라. 내 다시 상공을 위하여 숙녀를
천거하고자 하나이다."

시랑이 가로되,

"부인 말씀이 그럴 듯하나 전일 교녀로 말미암아 인아의 생사
를 알지 못하니 원통한 한이 골수에 박힌지라. 다시 잡인을 들이
지 않고자 하나이다."

부인이 눈물을 흘려 가로되,

"첩인들 어찌 짐작하지 못하리까마는 아직 인아의 생사를 모르
고 장차 사속(嗣續)이 없으면 지하에 돌아가 무슨 면목으로 구고
를 뵈오리오."

시랑이 가로되,

"비록 그러하나 부인의 연기가 아직 아이를 낳지 못할 때가 아
니니 그런 불길한 말씀은 말으소서."

부인이 인하여 생각하매,

'묘혜의 질녀가 현숙하고 또 귀한 자녀를 둘 팔자라 하였으니,
그 연치(年齒)[3]를 헤아리건대 아마 벌써 성인이 되었으리라.'
하고, 몹시 그리워하더라. 부인이 다시 시랑에게 노 창두가 죽은
말과 황릉묘를 수축하기를 원하니, 시랑이 즉시 가동을 명하여
황릉묘를 중수하고 창두의 시체를 찾아서 관곽을 갖추어 다시 장
사하고, 묘혜와 임씨에게 금과 비단을 후히 보내니, 묘혜 즉시 수
월암을 중수하고 군산 동구에 탑을 세워 이름을 부인탑이라 하니

라. 이때 차환 등이 황릉묘로 가려다 화룡현 임가에 이르니 그의 계모 변씨 죽고 여자 홀로 있더니, 시비를 보고 가로되,

"어디에서 왔느뇨?"

차환이 가로되,

"낭자 어찌 몰라보시나이까? 나는 이전에 사 부인을 모시고 장사로 갔던 시비 차환이로소이다."

그 여자 그제야 깨달아 가로되,

"이제야 알리로다."

하며, 사 부인의 안부를 묻고 누명을 신설하여 구가로 돌아감을 듣고 크게 기뻐하고 치하함을 마지아니하니, 차환이 이에 보낸 바 비단과 서간을 드리니 임씨 감격하여 받고 글을 떼어 보니 사의 정다운지라. 임씨 다시 한 번 만나 뵈옴을 원하더라.

차설. 설매가 인아를 차마 물에 떠우지 못하고 가만히 강가 숲에 놓고 가니 인아 잠을 깨어 크게 울더니 마침 남경에 장사하러 가던 뱃사람이 지나다가 인아를 보매, 용모 비범한지라. 배에 싣고 가다가 풍파를 만나 화룡현에 이르러 아이를 육지에 내려놓고 가니라.

이때 임가 여자, 변씨와 더불어 함께 자다가 강가에 기이한 기운이 뻗쳤거늘 놀라 깨니 꿈이라. 괴이히 여겨 급히 나와 보니 한 아이 누웠으되 용모 시원하고 매우 귀여운지라. 이에 거두어 안고 들어오니 변씨 크게 기뻐하여 고이 기르더니, 변씨 죽어 장례

를 마치니 동리 사람들이 그 현철함을 칭찬하여 혼인을 구하나 임씨 아직 출가하지 않음을 듣고 시랑에게 청하여 가로되,

"첩이 장사로 갈 때에 연화촌에 들어가 임가 여자를 보니 극히 아름답고 양순한지라. 이 여자를 데려다가 가사를 맡기고자 하나이다."

시랑이 마지못하여 허락하니, 사 부인이 이에 시비와 교부를 보내,

"임씨를 데려오라."

하니, 차환이 연화촌에 이르러 임씨를 보고 이 말을 전하니 임씨 기뻐하여 여간 가사를 거두고 얻은 바 아이를 데리고 이르러 사 부인을 보고 반김을 마지아니하더라. 부인이 종족을 모아 잔치하고 임씨를 성례시키니 그 용모 아름다운지라. 시랑이 심중에 기뻐하며 부인을 향하여 가로되,

"임씨 얼굴이 아름답고 덕성이 현저하니 어찌 다행한 일이 아니리오마는, 내가 부인께 정이 감할까 두려워하노라."

부인이 웃고 대답하지 않더라. 하루는 인아의 유모가 임씨의 방에 들어가 눈물을 흘려 가로되,

"전일에 시비의 전하는 말을 들으매, '낭자의 제남(弟男)이 우리 공자와 같다' 하오니 한번 보고자 하나이다."

임씨 이 말을 듣고 의심이 나서 물어 가로되,

"공자를 어느 곳에서 잃었느뇨?"

유모 가로되,

"순천부에서 잃었나이다."

임씨 생각하되,

'순천부가 상거 천리인즉 어찌 남경으로 왔으리오?'

가장 의심나서 시비를 불러 인아를 데려오매, 유모 눈을 들어 보니 공자와 같은지라. 유모 크게 반겨 눈물이 비 오듯 하니, 임씨 가로되,

"이 아이 과연 모친의 소생이 아니라, 모년 모월 모일에 버린 아이를 얻으니 용모 기이하기로 거두어 남매 되었으니, 만일 얼굴이 공자와 같을진대 무슨 연고가 있는가 하노라."

인아, 유모를 보고 울어 가로되,

"유모는 나를 알지 못하느냐?"

유모 이 말을 듣고 슬퍼하여 가로되,

"이는 반드시 우리 공자로다. 그렇지 아니하면 어찌 이 말을 하리오."

임씨 가로되,

"이 아이 비록 성은 기억하지 못하나 전일 귀히 길러졌던 말과 남경 장사가 버리고 간 일체를 말하더라."

하니, 유모 크게 기뻐하여 급히 부인께 전하니 부인이 이 말을 들

1) 기뻐서 미칠 듯도 하고 취한 듯도 한 모양.

고 엎어질락 자빠질락하여 임씨 방에 와 공자를 보고 가로되,

"네 나를 알소냐?"

인아, 자세히 보다가 부인의 가슴에 안기며 울어 가로되,

"어머니는 소자를 몰라보시나이까? 소자, 어머니께서 집안을 떠나신 후로 매양 생각하옵더니, 서모 나를 데리고 멀리 가옵다가 소자가 잠든 사이에 강가 숲에 버리고 가온지라. 소자 깨어 크게 우니 어떤 사람이 배를 타고 가옵다가 나를 보고 데려가더니, 또 남의 집 울밑에 놓고 가오매, 저 은모(恩母) 나를 거두어 기르매 전일보다 일신이 편안하옵더니, 의외에 이에 이르러 어머니를 뵈오니 이제 죽사와도 한이 없도소이다."

부인이 이 말을 듣고 여광여취(如狂如醉)[1]하여 인아를 안고 대성통곡하여 가로되,

"이것이 생시냐, 꿈이냐? 내 너를 다시 보지 못할까 하였더니, 오늘날 보게 되니 이 어찌 하늘이 도우심이 아니리오."

하고, 곧 시랑에게 인아 찾음을 고하니, 시랑이 급히 들어와 그 자초지종을 다 듣고는 함께 기뻐하며 임씨를 향하여 칭찬하여 가로되,

"오늘날 부자 상봉하고 즐김은 다 그대의 공이라. 어찌 은혜 적다 하리오. 이 뒤로부터 내 설움이 없으리로다."

임씨 경하하여 가로되,

"금일 부자 상봉하심은 존문 은덕이시니, 어찌 첩의 공이리잇

고? 사 부인의 성덕 현심을 신명이 감동하심이로소이다."

시랑이 또한 그 말을 옳다 하더라. 가중이 인아를 보니 장부의
체격이 매우 빼어나 그 떠날 때보다 준수함을 더욱 칭찬하고, 종
족이 모두 이르러 치하하고 상하 비복이 기뻐 날뛰며 임씨의 소
중함을 사 부인 버금으로 하고, 사 부인이 또한 임씨를 동기같이
사랑하니 임씨 또한 사 부인 섬김을 극진히 하니, 가중이 임씨의
현숙함을 보고 새로이 교녀를 절치(切齒)[1]하며 그 종적을 듣보더
라.

차설. 교녀는 동청이 죽은 후로 냉진과 살더니, 냉진이 도적을
사귀다가 괴수로 잡혀 죽으니, 교녀 도망하여 낙양에 이르러 청
루에 들어가 창기가 되어 이름을 칠랑이라 하고 낙양부 사람들의
재물을 낚으며, 제 이르되,

"나는 진정 한림학사의 부인이라."

낙양 사람이 교녀를 모를 이 없더니, 사부 차환이 마침 낙양에
왔다가 칠랑의 유명함을 듣고 청루에 이르러 자세히 보니 과연
교녀라. 즉시 사부에 돌아와 시랑께 고하니 시랑이 크게 분하여
부인을 청하고 가로되,

"내 교녀를 잡지 못할까 몹시 원통하더니, 이제 낙양 청루에서

 주

1) 분함을 이기지 못해 이를 감.
2) 이름을 높여 일컫는 말.

창기 노릇을 한다 하니 내 이년을 곧 잡아 설치하고자 하노라."

부인이 또한 통분하여 원한을 씻음을 이르더라. 부인이 인아를 만난 후 다시 시름이 없고 시랑이 또한 만사에 시름이 없어 백성 다스림을 부지런히 하니, 인민이 농업에 힘쓰고 학업을 부지런히 하여 일읍이 무사한지라. 천자 들으시고 예부상서로 부르시니 유 상서 이에 가족을 거느리고 올라갈새, 행하여 서주에 이르러 가 동을 부려 교녀를 듣보니 과연 의심이 없는지라. 그곳 매파를 불러 먼저 상을 주고 창녀 교칠랑을 불러 여차여차하라 하니 매파 교녀를 보고 가로되,

"이제 예부상서로 올라가는 상공이 낭자의 향명(香名)²⁾을 듣고 노신을 불러 분부하시니, 상서는 거룩한 재상이요, 또 시비의 전 하는 말을 들으매 '부인은 신병으로 집안일을 보살피지 못한다' 하니 낭자 들어가면 어찌 부인과 다르리오."

교녀 생각하되,

'내 비록 의식의 부족함이 없으나 나이 점점 많아 가니 어찌 종 신 의탁할 곳을 생각하지 아니하리오.'

하고, 쾌히 허락하니 매파 가로되,

"상공과 부인 보시는 데서 성례하리니 낭자를 곧 데려가리라."

교녀 가로되,

"그러면 더욱 좋다."

하거늘, 매파가 이대로 고하니 하인을 갖추어 교녀를 가마에 태

우고,

"뒤를 따라 오라."

하니라. 유 상서 급히 서울에 이르러 천자에게 사은숙배(謝恩肅
拜)[1]하고 집에 돌아와 친척을 모으고 경하(慶賀)할새, 사씨가 임
씨를 불러 두 부인께 뵈오라 하고 가로되,

"이 사람은 교녀와 같지 않사오니 고모는 그릇 보지 말으소서."

두 부인이 가로되,

"비록 어질지라도 불관하다."

하더라. 상서, 부인께 말하되,

"노상에서 명창을 얻어 왔사오니 한번 구경하소서."

하고, 좌우를 명하여 교칠랑을 부르라 하니, 이때 교녀가 거처하
는 곳을 정하고 기다리더니 오라는 명령을 듣고 부중에 이를새,
교녀 크게 놀라 가로되,

"이 집이 유 한림 댁이거늘 어찌 이리 오느뇨?"

시비 가로되,

"유 한림이 귀양가시고 우리 상공이 들어 계시니이다."

교녀, 놀람을 진정하여 가로되,

"내 이 집이 인연이 있도다. 이번에도 마땅히 백자당에 거처하
리라."

1) 임금의 은혜에 감사하며 공손하게 절함.

하더니, 시비가 교녀를 이끌어,

"상공과 부인께 뵈오라."

하니, 교녀 눈을 들어보니 좌우에 가득한 사람이 다 유씨 종족이라. 한번 보매 몹시 놀라 정신이 없어 청천벽락이 머리에 닿은 듯한지라, 인하여 땅에 엎디어 슬피 울며 목숨을 살려 달라 애걸하거늘 상서 크게 꾸짖어 가로되,

"음부, 네 죄를 아는가?"

교녀, 머리를 숙이고 애걸하여 가로되,

"어찌 모르리까마는 죄를 사하소서."

상서 가로되,

"네 죄가 한 둘이 아니니 음부는 들어 보아라. 처음에 부인이 너를 경계하여 음란한 풍류를 말라 함이 또한 좋은 뜻이거늘, 너 도리어 남을 헐뜯어 내 마음을 어지럽게 하니 죄 하나요, 십랑과 더불어 요망한 방법으로 장부를 속였으니 죄 둘이요, 음흉한 종과 더불어 당을 지었으니 죄 셋이요, 스스로 방자하고 부인께 미루니 죄 넷이요, 동청과 사통하여 문호를 더럽히니 죄 다섯이요, 옥지환을 도적하여 냉진을 주어 부인을 모해하니 죄 여섯이요, 네 손으로 자식을 죽이고 그 못된 짓을 부인께 미루니 죄 일곱이요, 간부와 함께 모의하여 가부를 사지에 귀양을 보내니 죄 여덟이요, 인아를 물에 넣어 죽게 하니 죄 아홉이요, 겨우 부지하여 살아오는 나를 죽이려 하니 죄 열이라. 음부, 천지간에 큰 죄를

짓고 오히려 살고자 하느냐?"

교녀, 머리를 두드리고 울어 가로되,

"이 모두 첩의 죄이오나 장주를 해함은 설매의 일이요, 도적을 보냄과 엄숭에게 참소함은 동청의 일이로소이다."

하고, 사씨를 향하여 울어 가로되,

"첩이 실로 부인을 저버렸거니와 오직 부인은 대자대비하신 덕으로 천첩의 얼마 남지 않은 목숨을 보존하게 하옵소서."

부인이 눈물을 흘리고 가로되,

"네 나를 해하려 함은 죽을죄 아니나 상공에게 죄를 지음을 내어찌 구하리오."

상서 더욱 노하여 이에 시종을 명령하여 교녀의 가슴을 헤치고 심통(心統)을 빼라 하니 사 부인이 가로되,

"비록 죄 중하오나 상공을 모신 지 오래이니 죽여도 시체를 완전히 하소서."

상서, 감동하여 동쪽 저자에 잡아내어다가 만인이 보는 앞에 죄를 들어 광포(廣布)[1]하고 타살하니라. 부인이 춘방의 원억참사함을 애석히 여겨 상서께 말하여 그 뼈를 찾아다 묻어 주고, 십랑의 죄를 다스리고자 하여 찾으니 연전에 벌써 죄를 입어 옥중에서

1) 널리 펴서 알림.
2) 역대 왕비의 말과 행실의 귀감이 될 만한 것을 모은 책.

죽었다 하더라.

임씨, 유부에 들어온 지 십 년 동안에 세 아들을 연해 낳으매 다 옥골선풍(玉骨仙風)이라. 장자의 이름은 웅이요, 차자의 이름은 준이요, 삼자의 이름은 난이니, 부형을 닮아서 모두 출중하더라. 임금이 유 상서의 벼슬을 돋우어 좌승상으로 하시고 황후 또한 사 부인의 청덕을 들으시고 자주 보시니 유문의 영광이 비길데 없고, 또 사 추관이 높은 벼슬에 이르니 그 복록의 거룩함이 한세상에 으뜸이더라. 승상 부부, 팔십여 세를 편안하게 복을 누리시고, 그 후 대공자는 병부상서에 이르고, 유웅은 이부시랑을 하고, 유준은 호부시랑을 하고, 유란은 태상경을 하여 조정에 벌였으니, 임씨도 무궁한 복록을 누려 자부 제손을 데리고 사 부인을 모셔 안락하고, 사 부인이 《내훈(內訓)》[2] 열 편과 《열녀전(烈女傳)》 세 권을 지어 세상에 전하고 자부 등을 가르쳐 착한 도에 나아가게 하니, 착한 사람은 복을 받고 악한 사람은 그 죄로써 재앙을 받는 법이로다.

독후감

깁라잡이

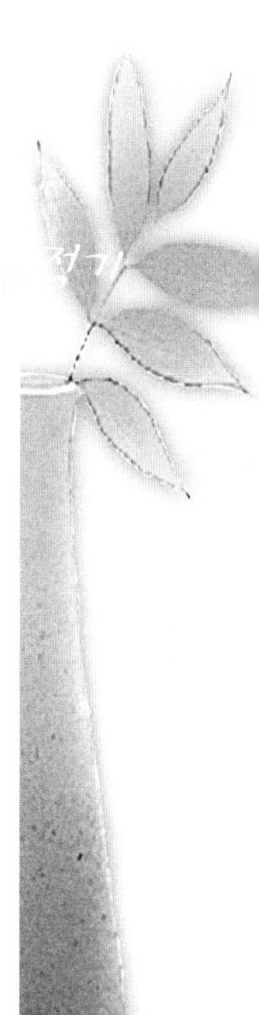

　명나라 금릉 순천부라는 곳에 유현이라는 이름난 재상이 있었답니다. 유현은 대를 이을 아들이 없는 것을 걱정하다가 뒤늦게 아들을 얻어, 아들의 이름을 연수라고 지었습니다. 하지만 유현의 부인인 최씨는 연수를 낳고 죽고 말았습니다.

　유연수는 10세라는 어린 나이에 향시에 장원 급제하고, 15세에 과거에 나아가 장원 급제했습니다. 그는 이어 한림학사가 되었지만 나이가 너무 어리기에 10년을 더 공부하고 벼슬에 나아갈 것을 황제에게 청했습니다. 이에 황제는 특별히 5년을 더 공부할 기회를 주었어요.

　그 뒤 유연수는 덕행과 재능이 뛰어난 사씨와 결혼했습니다. 그들은 금슬이 매우 좋았습니다. 하지만 사씨는 결혼한 지 10년이 넘도록 아이를 낳지 못했습니다. 이에 사씨는 조상의 제사를 받들 후손이 없는 것을 걱정해서 남편인 유연수에게 첩을 맞도록 권했습니다. 유연수는 처음에는 강하게 거절했습니다. 하지만 사씨의 거듭되는 부탁에 교씨라는 처녀를 첩으로 맞아들였어요. 교씨는 천성이 간사하고 질투와 시기심이 강했습니다. 그래서 겉으로는 본부인인 사씨를 존경하며 떠받들었지만 속으로는 증오했습니다.

　드디어 교씨가 아들을 낳자, 교씨는 사씨를 쫓아내고 자기가 정

146

실이 되려고 계략을 꾸몄어요. 교씨는 동청이라는 사람과 모의하여 사씨에게 없는 죄를 뒤집어씌운 뒤 그것을 유연수에게 알렸습니다. 사씨를 사랑하는 유연수가 그것을 믿을 리 없었습니다. 그러나 교씨의 거듭되는 거짓말과 조작된 증거에 눈이 먼 유연수는 사씨를 점점 더 의심하고, 마침내 사씨를 집에서 쫓아낸 뒤 교씨를 정실로 맞아들였습니다.

쫓겨난 사씨는 남쪽 지방으로 떠돌며 온갖 어려움을 겪었답니다. 그리고 몇 번이나 자살을 시도하기도 했습니다. 그런데 자살하려고 할 때마다 하늘의 계시로 번번이 그만두었는데, 어느 날 자신을 순임금의 두 번째 부인이라고 말한 혼령이 찾아와 사씨더러 어떤 절로 들어가라고 했습니다. 이 말을 따라 사씨는 그 절에 들어가 몸을 기대었습니다.

사씨를 쫓아내는 데 성공한 교씨는 더 큰 일을 꾸미기 시작했습니다. 그것은 남편인 유연수를 귀양보내고 그의 모든 재산을 빼앗아 동청과 다른 곳으로 도망가 살려는 것입니다. 이에 동청은 유연수가 천자에 대한 불평을 많이 한다는 상소문을 황제에게 보냈습니다. 이 결과 유연수는 아주 먼 곳으로 귀양가게 되고, 동청은 유연수를 고발한 공으로 지방관에 임명되었습니다. 하지만 일이 뜻대로 이루어진 동청이 유연수의 모든 재산을 갖고 교씨와 함께 지방관에 부임하러 가다가 도중에 강도를 만나 갖고 간 모든 재산을 빼앗깁니다.

이때 조정에서는 유연수에 대한 혐의가 풀려 다시 불러들이기로 하고, 충성스러운 신하를 모함한 동청을 처형했습니다. 귀양간 유연수는 비로소 교씨와 동청의 모함에 속은 것을 깨닫고 사씨를 내쫓은 자신의 어리석음을 뉘우쳤습니다. 그리고 조정에서유배를 푼다는 통지를 받은 뒤 고향에 돌아와서 집에서 쫓겨난사씨의 행방을 수소문했습니다.

유 한림이 돌아왔다는 소식을 들은 사씨 부인은 홀로 지내던 절에서 내려와 남편을 찾으러 갔습니다. 그리고 마침내 사씨 부인과 유 한림은 도중에서 만나고, 유 한림은 사씨 부인에게 그동안자신의 잘못으로 인해 사씨 부인이 고생한 것에 진심으로 용서를구했답니다. 유 한림은 고향으로 돌아와, 마침내 교씨를 찾아서죽이고, 사씨 부인을 다시 정실로 맞아들여 잃었던 아들도 다시찾은 뒤에 오래오래 행복하게 살았답니다.

2. 작품 분석하기

《사씨남정기》는 《구운몽》과 함께 서포 김만중의 대표작으로 꼽히는 가정 소설입니다. 숙종 15년에서 18년 사이에 쓰여진 것으로 여겨지는 한글 소설로, 중국을 배경으로 한 일부 다처제 가정에서 벌어지는 비극을 소설화한 것입니다.

선행을 장려하고 악행을 징계하는 의미를 강하게 나타낸 이 소설은, 그 안에 날카로운 저항 의식이 숨어 있답니다. 김만중은 숙종이 인현왕후를 폐출하고 장희빈을 왕비로 세운 것을 반대하다가 귀양갑니다. 이에 김만중이 숙종의 잘못을 깨닫게 하고, 그의 마음을 돌리기 위해 유배지에서 《사씨남정기》를 썼다고 합니다. 그의 날카로운 저항 의식이란 이것을 말하지요.

장희빈이 중전 자리에 있을 때, 숙종이 어느 날 궁녀에게 소설을 읽어 달라고 하자 궁녀가 마침 이 책을 읽어 드렸다고 해요. 이 소설을 읽은 영향인지는 알 수 없지만, 숙종은 그 뒤 장희빈을 내쫓고 인형왕후를 다시 불러들입니다. 다만 작가인 김만중이 이 작품을 지은 뒤 죽어 인현왕후가 원래대로 돌아온 것을 보지 못한 것은 애석한 일입니다.

김만중의 형은 김만기로, 그의 딸이 숙종의 첫 부인인 인경왕후였습니다. 즉 김만기는 임금의 장인인 부원군입니다. 당시는 당쟁이 치열했는데, 김만중 집안은 서인이었으므로 남인과 대립이 심했습니다. 인경왕후가 죽자 인현왕후가 계비로 들어왔습니다. 그러나 인현왕후는 아들을 낳지 못하고 대신 장희빈이 아들을 낳습니다. 이 아이가 균으로, 뒤에 경종이 되는 인물입니다.

이러한 상황에서 김만중은 숙종에게 "장씨가 천첩 소생이라는 말도 있으니, 너무 가까이 하지 말고 수양하십시오"라고 아뢰었습니다. 이 말에 화가 난 숙종은 김만중의 관직을 빼앗고 귀양 보냅니다. 드디어 인현왕후 폐비 사건이 발생하고, 균이 왕세자로 책봉되며, 희빈 장씨가 왕비로 승격됩니다. 김만중은 이러한 혼란 속에 유배지에서 이 작품을 완성했던 것으로 보입니다.

이 작품의 제목을 풀이하면 '사씨가 남쪽으로 옮겨 갔다'는 뜻으로, 결국 진실이 밝혀져 명예 회복을 하게 된다는 의미가 담겨 있습니다. 어떤 사람은 이 작품이 당파 싸움에서 정치적인 목적을 이루기 위해 썼다고 생각하기도 합니다. 하지만 소설 속의 허구의 세계와 현실에서 일어난 사건을 혼동해서는 안 됩니다. 소설은 어디까지나 현실을 근거로 한 허구의 세계이기 때문입니다. 소설은 '일어날 가능성이 있는 사건'을 만들어 낸다고 볼 수 있는데, 흥미롭게도 숙종은 서포가 죽은 뒤 인현왕후를 실제로 복위시킵니다.

《사씨남정기》는 양반 사대부 가문인 유연수의 가정과 서로 다른 양반 사대부들의 생활을 배경으로 하여 벌어지는 사씨와 교씨 사이의 갈등을 통해 당시 첩을 두는 제도의 불합리성을 비판하고, 동시에 양반 가정의 추악한 모습을 보여 주고 있습니다. 구성은 성혼, 요망한 첩, 간악한 문객, 가화, 남정, 가운 회복 등 제목을 단 몇 개의 장들로 나뉘어 있는데, 이야기 줄거리는 크게 두 부분으로 이루어져 있다.

소설의 앞부분은 성혼부터 가화까지입니다. 금릉 순천부의 이름난 가문에 한림학사 유연수와 아내 사정옥이 살고 있었습니다.

그러나 결혼 후 10년이 지났어도 둘 사이에는 가문의 대를 이을 자식이 없었습니다. 그리하여 사씨는 남편에게 첩을 맞아들일 것을 간청했습니다. 유 한림이 반대하지만 사씨는 끝내 자기의 주장을 굽히지 않자 유 한림이 이를 승락하고 교채란이 첩으로 들어옵니다.

이때 교씨의 나이는 이팔청춘이었으나 성품이 교활하여 유연수의 비위를 잘 맞추었고 사씨를 섬기는 것도 극진해 보였습니다. 이 때문에 유씨 가문에는 전에 없던 기쁨과 화기가 도는 듯했습니다. 사씨는 두말할 것도 없고 유연수 역시 이제 자식을 보게 될 것을 생각하면서 기쁨을 숨기지 못했습니다. 그러나 교씨는 유연수의 사랑을 독차지하려고 그의 마음을 유혹하는 한편, 동청이라는 사내를 끌어들여 그와 함께 남몰래 부정한 생활을 하면서 정실의 자리와 집안의 재산을 빼앗을 갖가지 흉계를 꾸밉니다. 마침내 자기 소생인 장주까지 죽인 뒤에 그 죄를 사씨에게 덮어씌웁니다. 교씨와 동청의 짓인 줄 모른 채 그들의 흉계에 속은 유 한림은 10년을 함께 살아온 사씨를 집에서 내쫓고 맙니다. 이때부터 사씨는 남쪽으로 쫓겨가는데, 이것이 남정이다.

소설의 뒷부분은 남정부터 가운 회복까지입니다. 집에서 쫓겨난 사씨는 시부모의 선산에서 초가집을 얻어 여생을 마치려고 합니다. 그러나 사씨의 행방을 알아낸 교씨는 동청과 함께 또다시 흉계를 꾸며 냉진이라는 사나이를 사씨에게 보내 사씨의 절개를

독후감 길라잡이

껶으려고 합니다. 하지만 냉진이 사씨가 있는 곳에 도착하기 전에 사씨가 먼저 그곳에서 떠나 그 계획은 실패로 돌아갑니다.

한편 유연수도 임금을 속여 농락한 죄로 귀양가게 됩니다. 하지만 이것은 자신들의 죄가 드러날 것을 두려워한 교씨와 동청의 모함, 그리고 간신인 엄숭이 만든 함정이었습니다. 이 결과 유씨 가문은 무너지는 운명에 처해졌습니다. 그러나 얼마 뒤에 황제의 사면령으로 유 한림은 집으로 돌아오고, 그 길에 자기를 모함한 원수들과 마주칩니다.

이를 안 교씨와 동청은 관졸 수십 명을 뽑아 유 한림의 목을 베면 많은 돈을 주겠다고 했습니다. 관졸들로부터 쫓기던 유 한림은 이러기도 어렵고 저러기도 어려운 매우 난처한 위기에서 쪽배한 척을 발견하곤 이것을 도움으로 탈출하는 데 성공합니다. 그 배에서 소복 단장한 부인이 그를 맞이했는데, 그녀가 바로 사씨입니다.

이 무렵 조정에서는 권세를 오로지하여 제 마음대로 휘두르던 엄 승상이 처형되고, 동청과 냉진도 차례로 처단됩니다. 교씨는 낙양 땅으로 도망쳐서 창루의 창기가 됩니다. 예부상서에 다시 오른 유연수는 사씨 부인을 데리고 서울로 가던 중에 교씨를 만나 그녀의 잘잘못을 나열한 뒤에 그녀를 죽입니다.

이처럼 전반부는 유연수 집안에서 일어난 갈등을 주로 다루었고, 후반부는 조정에서의 정치적인 사건의 해결과 이를 통한 무너진 집안을 바로 세우는 내용을 다루었습니다.

임진왜란 이후 양반 사회에 첩을 맞아들이는 일이 더욱 빈번해짐에 따라 그것으로 인해 일어나는 일들은 사회적인 문제가 되었답니다. 작가는 이처럼 당시 첩을 두는 제도가 지닌 잘못을 비판하는 데에서 나아가 착한 것은 흥하고 악한 것은 망한다는 영원한 진리도 함께 제시하고 있습니다.

작품 내에 수많은 인물이 등장합니다. 김만중은 등장인물들의 다양한 묘사를 통해 인간의 성격을 생생히 보여 줍니다. 많은 시비들과 창두, 유모, 배 장사꾼 들이 교씨와 동청, 냉진을 '하늘도 땅도 용납하지 못할' 사람으로 증오하고, 사씨 부인의 비극적인 운명을 안타까운 마음으로 동정하는 것은 당시의 민중들의 도덕 관념이 어떠한지를 반영한 것으로도 볼 수 있습니다. 사씨는 집에서 쫓겨났지만, 결코 패배한 것이 아니라 결국은 승리한다는 결말 처리가 이러한 사정을 반영합니다.

유연수는 한 집안의 어른으로서 언뜻 보기에는 학식이 있고 사리에 밝은 사람으로 조정에서는 간신인 엄숭의 박해를 받는 것으로 되어 있습니다. 하지만 그 역시 자신과 자신의 가정을 제대로 지키지 못하는 무능한 양반 관료에 불과합니다. 그는 교씨의 흉악한 꾀에 속아 사씨를 내쫓을 뿐 아니라 자기 자신도 그와 똑같은 처지에 빠지니까요.

유 한림의 고모인 두 부인은 유씨 가정의 어른으로서, 오랜 경험을 통해 첩을 두는 제도가 얼마나 불합리한지 깨달은 인물입니다. 두부인은 정실인 사씨가 첩을 맞아들이겠다고 했을 때 그 잘못을 알려주기도 합니다. 이처럼 두부인이라는 인물의 설정은 작가가 당시 조선 사회에 퍼진 첩을 두는 제도에 대해 비판적인 견해를 갖고 있음을 은연중에 나타냅니다.

3. 등장인물 알기

사씨 부인 실질적인 주인공으로, 당대의 윤리관에 충실하며 어질고 너그러운 덕행을 지닌 여인으로 유교적인 여성관의 대표적인 인물입니다. 청렴하고 강직한 선비의 후예로, 첩인 교씨를 맞아들인 후 갖은 모함을 당해 버림받지만, 친가에 들어가지 않고 시댁의 신주를 끝까지 지키고 모심으로써 강한 의지를 보여 줍니다. 간사하고 교활한 교씨와 대립되어 그녀가 지닌 인격과 덕행이 한층 돋보입니다.

교 씨 유 한림의 첩으로, 자신의 이익과 행복을 위해서는 수단과 방법을 가리지 않는 인물입니다. 유 한림의 집에 첩의 위치로 들어온 그녀는 한림의 사랑을 독차지하기 위해 수단과 방법을 가리지 않으며, 사씨를 몰아내고 유 한림의 부인이 되어 모든 재산을 다스립니다. 그리고 그것으로도 만족하지 못해 동청이라는 사내와 함께 갖은 악행을 저지르다가 비참한 죽음을 맞이합니다.

유연수 한 집안의 가장이이면서도 수동적인 인물입니다. 풍채가 뛰어나고, 15세에 벼슬에 오르는 등 재능이 뛰어나지만 교씨만을 총애하다가 그녀의 간악한 흉계에 넘어가 귀양까지 가게 됩니다. 그 뒤 자신의 잘못을 뉘우치고 사씨를 새로 맞아들이기는 하지만 수동적이고 나약한 면모를 보여 줍니다.

독후감 길라잡이

두 부인 유연수의 고모로 남편을 여의고 유연수의 아버지인 유현의 집에 아들과 함께 사는 인물입니다. 유순하면서도 덕이 있으며, 모든 사리의 옳고 그름을 판별하는 사람입니다. 이 때문에 다가올 일을 암시하는 복선의 역할을 하기도 합니다. 사씨가 억울한 누명으로 위기에 처해 있을 때마다 그녀를 신뢰하며 감싸 줍니다.

동 청 간사하고 교활한 계책을 세우는 사람으로, 교씨와 관계할 뿐 아니라 유연수까지 벼슬에서 물러나게 하고 귀양가게 하는 등 갖은 악행을 저지르는 악인의 대표적인 인물입니다. 유연수를 모함하여 그 대가로 얻은 벼슬로 백성들을 괴롭히면서도 잘못을 조금도 느끼지 않지요. 한 가정의 불화뿐 아니라 한 나라의 질서와 안녕을 해롭게 한 악인의 모습을 보여 줍니다.

유현 유연수의 부친으로 아들을 등장시키기 위한 예비 인물입니다. 당대 사회에서 존경의 대상이 되는 인물로, 며느리를 선택함에 있어서 여성의 덕을 최우선으로 꼽고 사씨의 덕행에 감복하지만 병을 얻어 일찍 세상을 뜹니다.

냉진 한때 동청 밑에서 동청의 심부름을 하던 자로, 옥지환 사건의 장본인이기도 합니다. 이 사건으로 사씨를 곤경에 빠뜨립니다. 이후 동청이 운이 다했음을 깨닫고 그를 배반하고 관가에 그동안의 일을 알리고 교씨와 함께 살다가 도적의 괴수로 잡혀 죽습니다.

십랑·납매 교씨와 통하면서 교씨의 나쁜 행동을 조장하고 유인하여 교씨를 더욱 더 악하게 합니다. 특히 교씨가 아이를 잉태해서 득남하기를 기원하자 온갖 술수를 동원하여 교씨를 안심시키고, 나아가 교씨의 아들인 장주까지 죽이고 맙니다.

설매 원래 사씨를 섬기는 시비였지만 교씨를 섬기는 납매의 꼬임에 빠져 옥지환을 훔친 뒤 교씨의 범행에 가담합니다. 그러나 설매는 이후 자신의 잘못을 뉘우치고 인아를 살리며, 유연수에게 모든 사실을 알린 뒤 목을 매 자살합니다. 이러한 역할을 하는 설매는 선도 악도 아닌 중간형의 인물로, 선인과 악인의 두 가지 대립적인 사고를 고집하는 이전까지의 고대 소설의 공식화된 성격을 탈피한 새로운 인물 유형에 해당합니다.

작가 들여다보기

김만중은 조선 후기의 문신이자 소설가로 본관은 광산이며, 아명은 선생, 자는 중숙, 호는 서포, 시호는 문효입니다. 조선 시대 예학의 대가인 김장생의 증손이자 익겸의 유복자이며, 광성부원군 만기의 아우로 숙종의 첫째 왕비인 인경왕후의 숙부입니다.

그의 아버지는 일찍이 정축호란 때 나라를 위해 목숨을 바쳤으며, 이후 어머니 윤씨의 남다른 가정 교육에 힘입어 성장합니다. 그의 생애와 사상도 어머니에게서 많은 영향을 받았습니다. 그의 어머니는 생활이 어려워지자 베를 짜고 수놓는 것으로 생계를 이어갔으나, 학업에 방해가 될까 봐 어린 자식들에게는 하는 일을 보이지 않았다고 합니다. 이러한 모습은 맹자의 어머니와 비유되곤 합니다.

김만중은 현종 6년인 1665년 정시문과에 장원, 정언·지평·수찬·교리를 거쳐 현종 12년인 1671년에 암행어사가 되어 경기·삼남 지방의 백성들의 생활을 조사했습니다. 이듬해 겸문학·헌납을 거쳐 동부승지가 되었지만 1674년 인선왕후가 작고하여

자의대비의 복상 문제가 일어나 관직을 삭탈 당했답니다.

그 후 다시 등용되어 숙종 5년이 되는 해인 1679년에 예조참의, 1683년에는 공조판서, 이어 대사헌에 올랐습니다. 하지만 이마저도 조지겸 등의 탄핵으로 물러나야 했습니다. 1685년에 홍문관 대제학, 이듬해 지경연사로 있으면서 김수항이 자신의 아들이 저지른 잘못까지 도맡아 처벌되는 것이 부당하다고 상소했다가 선천에 유배된 뒤 3년 뒤에 풀려났습니다.

이듬해 숙종이 정비인 인현왕후를 폐비시키고 장희빈을 세우려 하자 이를 반대하다가 남해에 유배 당합니다. 유배지에서 숙종의 마음을 돌리기 위해 쓴 것이 《사씨남정기》입니다. 이러한 와중에 그의 어머니 윤씨는 아들의 안부를 걱정하던 끝에 병으로 죽었고, 효성이 지극했던 그는 어머니 장례식에도 참석하지 못한 채 남해의 유배지에서 숨을 거두었습니다.

그의 사상과 문학은 독특한 특징을 보입니다. 주희의 논리를 비판하거나 불교적인 용어를 거침없이 사용한 점 등을 통해 그의 사상이 얼마나 진보적인지 알 수 있으며, 그가 주장한 국문 가사 예찬론은 그의 문학적인 진보성을 보여 주기도 합니다. 그의 우리말과 우리글에 대한 의식은 높이 살 만합니다. 특히 《구운몽》, 《사씨남정기》와 같은 한글 소설의 창작은 이전의 허균을 이어받아 조선 후기 실학파 문학의 중간에서 훌륭한 역할을 한 것으로 평가받습니다.

그는 숙종 24년인 1698년에 관직이 복구되고 이어 숙종 32년인 1706년에 효행에 대해 정표가 내려졌습니다. 저서에는《구운몽》,《사씨남정기》,《서포 만필》,《서포집》,《고시선》등이 있습니다.

그러면 그의 일생을 연도별로 자세히 알아보기로 할까요?

독후감 길라잡이

1637년 2월 10일, 강화에서 서울로 가던 중 나룻배 안에서 태어남. 본관은 광산, 아명은 김선생, 자는 중숙, 호는 서포.

1639년 어머니 윤씨로부터 글을 배우기 시작함.

1644년 《경서》와《사기》를 배움.

1650년 진사 초시에 합격함.

1652년 진사에 일등으로 합격함. 연안 이씨와 결혼.

1656년 별시 초시에 합격함.

1662년 증광 초시에 합격함.

1665년 정시에 장원 급제함. 성균관 전적·예조좌랑에 차례로 임명됨.

1666년 정언이 됨.

1667년 지평, 수찬을 역임.

1668년 경서 교정관·교리가 됨.

1671년 암행어사로 경기 및 삼남 일대를 조사함.

1672년 겸문학·헌납을 역임하고 동부승지가 됨.

1673년 어전에서 허적의 파직을 주장하다가 유배됨.

1674년 3개월 동안 유배되었다가 풀려남.

1675년 과격한 언사로 삭탈관직을 당함.

1679년 예조참의로 복직됨.

1683년 공조판서로 있다가 대사헌이 됨.

1686년 우참찬 · 좌참찬 · 홍문관 및 예문관 대제학에 차례로 임명됨.

1687년 소문을 전한 죄로 9월에 선천으로 유배됨. 이듬해 11월까지 유배 생활을 함. 어머니의 외로움을 위로하기 위해 《구운몽》을 지음.

1688년 선천 유배지에서 풀려남.

1689년 기사환국에 연루되어 투옥됨. 그해 3월 남해로 유배됨. 어머니가 별세함.

1692년 4월 30일 지병인 폐병으로 별세.

1698년 관직이 복구됨.

1706년 효행(孝行)에 대해 정표가 내려짐.

5. 시대와 연관짓기

고전 소설 《구운몽》과 《사씨남정기》의 작가로 우리가 익히 알고 있는 김만중은 숙종 시대에 남인과 서인의 권력 투쟁에 깊숙히 개입했던 정치가였습니다. 그는 김익겸의 유복자로 태어났습니다. 김익겸은 병자호란 때 남한산성으로 난리를 피해 다른 곳으로 자리를 옮긴 인조가 한 달 반의 항전 끝에 굴욕적인 항복을 하자 자살했습니다. 그때 그의 부인은 아이를 임신한 중이었다. 윤씨 부인은 5살 난 아들 만기와 함께 강화섬을 빠져나와 친정에서 몸을 풀었다. 아버지 없이 태어난 이 아이가 김만중입니다.

그는 현종 6년인 1665년에 과거에 응시해서 문과에 장원 급제하여 여러 벼슬에 올랐습니다. 하지만 당시의 복잡한 정치 상황에서 여러 번 영예와 치욕을 달리했답니다. 현종 14년에는 겸문학 헌납 등의 벼슬을 거쳐 동부승지에 오른 그는 현종 15년에 인선왕후가 죽자 자의대비의 복상 문제로 동인이 득세하고, 서인이 패하자 관직을 삭탈 당하고 쫓겨가는 신세가 되었습니다. 얼마후 다시 기용된 그는 숙종 5년인 1679년에 예조참의, 공조판서, 대사헌의 자리까지 올랐으나 다시 조지겸 등 남인의 탄핵을 받아 좌천되었습니다.

숙종 11년에는 홍문관 대제학, 숙종 12년 지경연사로 있을 때 서인인 김수항의 아들 창협이 비위 사실에 연루되어 처형되는 것을 보다 못해 이를 부당하다고 상소했다가 선천으로 유배되기도 했답니다. 이 일로 인해 3년의 귀양살이를 한 뒤 풀려났지만 그의 우여곡절 많은 귀양살이가 여기에서 끝난 것은 아니었어요.

그는 숙종 14년에 장희빈이 낳은 왕자 덕으로 선천 귀양터에서 풀려났습니다. 한 달 전 장희빈이 아들을 낳았기 때문에 사면을 받은 것입니다. 숙종 나이 서른에 처음 안아 보는 아들이었으니 그 기쁨을 말로 표현할 수 없었을 것입니다. 석달 뒤 숙종은 대신들을 모아 장희빈이 낳은 아들을 원자로 정했습니다. 원자가 된다는 것은 왕실의 정통을 이어받는 맏아들이 된다는 뜻이고, 장차 세자가 되고 임금이 된다는 것을 뜻합니다. 이것은 서인의 세상이 끝났음을 뜻하기도 합니다.

결국 원자를 왕세자로 책봉하는 문제를 놓고 당쟁이 일어났습니다. 숙종은 많은 신하의 반대를 누른 채 왕자를 세자로 책봉하고, 숙원 장씨는 희빈으로 삼았다. 숙종의 이와 같은 태도를 앞장서서 반대하던 송시열이 사약을 받고 죽자 김만중은 강경한 어조로 숙종의 처사를 공격하고 나섰습니다. 이 때문에 김만중은 남인에 속했던 박진규, 이윤수 등의 탄핵을 받고 남해로 유배되었답니다. 이 사건이 유명한 숙종 시대의 사화인 기사환국입니다. 기사환국으로 김만중이 속한 서인은 남인에 밀려 실각하게 됩니다.

김만중은 이 곳에서 《구운몽》, 《서포만필》, 《사씨남정기》, 《주자요어》, 《윤부인 행장》 등을 집필했다고 해요. 그는 이 곳에서 자기가 파 놓은 옹달샘의 물을 마시고, 솔잎 피죽을 먹으며 근근히 연명한 것으로 전해집니다. 그는 이 곳에서 3년 동안 유배 생활을 한 후 55세의 나이로 생을 마감합니다.

6. 작품 토론하기

1│ 이 작품은 역사적인 사건과 연결지어 읽으면 그 맛이 새롭습니다. 함께 이 작품을 읽고 난 뒤에 이 작품의 창작 동기와 역사적 사실과의 관계를 토론해 봅시다. 있는가?

➜ 이 작품은 줄거리로만 보면 한 양반 집안에서 벌어지는 갈등을 다루고 있습니다. 그러나 작가가 이 글을 쓰던 당시의 역사적인 사건을 함께 생각하면 이 작품을 더욱 새롭게 느껴집니다. 당시 임금인 숙종은 비인 인현왕후를 폐위하고 장희빈을 비로 맞아들였습니다. 인현왕후를 아끼던 김만중으로서는 안타까운 일이 아닐 수 없었을 것입니다. 그래서 그는 이 작품을 통해 숙종의 잘못된 점을 풍자하는 한편 숙종의 마음을 돌려보고자 했던 것으로 추측됩니다.

이 소설에서 사씨 부인을 인현왕후와, 유 한림은 숙종과, 교씨를 장희빈과 연결시키면 더욱 분명해집니다. 더구나 이 소설이 궁중에 들어가게 한 뒤 궁녀들이 읽고, 마침내 숙종까지 알게 되었다는 점, 그 뒤 숙종이 장희빈을 내쫓고 인현왕후를 복위했다는 점은 그 사실을 더욱 분명하게 전해 줍니다.

이 때문에 이 작품을 숙종의 심적 변화를 유도하기 위한 목적성을 띤 풍간 소설로 보기도 합니다.

2 이 작품의 작가인 김만중은 우리말과 우리글을 아끼고 사랑한 사람으로 널리 알려져 있습니다. 그래서 그는 《구운몽》을 비롯하여 한글로 소설을 썼습니다. 그렇다고 내용이 허술하거나 구성이 평이한 것도 아닙니다. 그래서 더욱 역사적인 평가를 받는 것이겠지요. 그러면 김만중의 문학이 지닌 가치와 그가 생각한 진정한 민족 정신이란 무엇인지 친구들과 토론해 봅시다.

➡ 김만중의 문학에 대한 시각은 그가 지은 《서포 만필》에 잘 나타나 있습니다. 우선 주목되는 것은 국문시가에 대한 태도입니다. 그는 한문으로 지어지는 시가들에 대해 "지금 우리 나라의 시문은 우리말을 버리고 남의 말을 흉내낸 것이다. 그것이 아무리 비슷해진다고 해도 그것은 앵무새가 흉내내는 소리일 뿐"이라고 했답니다. 그것은 훌륭하고 아름다운 우리 것이 있음에도 맹목적으로 중국 것만 따르는 당시 사회에 대한 날카로운 비판입니다. 그는 한국 사람이 국어를 버리고 남의 말을 배우고 있음을 개탄하고, 한문 문장에 비해 한국 문학의 우수성을 주장했습니다.

이러한 그의 우리글과 우리말에 대한 사랑은 그의 작품에 그대로 녹아 있습니다. 《사씨남정기》만 하더라도, 우리말의 표현 능력을 잘 살렸으며, 짜임새 있는 구성을 통해 이야기를 흥미 있게 엮어 가고 있습니다. 이것은 김만중의 민족 의식과 뛰어난 작가적 역량이 한데 어우러진 한 예일 것입니다.

아울러 그는 "나무하는 아이들이나 물긴는 아낙네들이 서로 화답하는 소리가 사대부들의 시나 부보다도 낫다"고 하여 진정한 우리 문학이 어떤 것인지를 말했습니다. 그것은 양반들의 음풍농월에만 그치는 문학에서 벗어나, 백성들과 함께 아파하고 즐거워하는 것이야말로 진정한 문학이라고 생각했습니다. 이것은 매우 진보적인 생각이 아닐 수 없습니다.

우리말로 표현된 아이들이나 물 긴는 아낙네들의 노래는 그들의 노래 형식 그대로 감정을 정확하게 표현했기 때문에 살아 있는 문학입니다. 그러나 한문으로 표기된 것은 그들의 감정을 남의 노래 형식을 빌어 한문으로 포장한 거짓된 문학에 불과하다고 그는 보았습니다.

3 《사씨남정기》는 《구운몽》과 함께 김만중의 대표작으로 손꼽히는 작품으로, 장희빈과 숙종의 문제를 빗대어 표현한 가정 소설입니다. 그렇다면 가정 소설이란 무엇이며, 어떠한 작품들이 있는지 함께 살펴봅시다.

➡ 가정 소설이란 가정 생활에서 일어나는 모순과 갈등을 표현한 소설을 말합니다. 여기에서 말하는 '가정 생활에서 일어나는 모순과 갈등'은 아버지와 아들 사이의 충돌, 형제간의 불화, 형제의 아내 사이의 문제, 시어머니와 며느리 사이에서 생기는 갈등

등 그 유형이 아주 다양합니다.

　이러한 갈등들 중에서도 고전 소설에 자주 나타나는 갈등은 아내와 첩 사이에 일어나는 갈등, 계모와 전처 소생 사이에 벌어지는 갈등을 주된 내용으로 합니다. 아내와 첩 사이에서의 갈등을 다룬 고대 소설로는 《사씨남정기》를 비롯하여 《옥린몽》, 《조생원전》, 《정진사전》 등 여러 편이 있고, 계모와 전처 소생간의 갈등을 다룬 것으로는 《장화홍련전》, 《콩쥐팥쥐전》, 《정을선전》 등을 꼽을 수 있답니다.

　특히 계모와 전처 소생 사이의 갈등을 다룬 작품은 우리나라를 비롯하여 세계 여러 나라에 널리 전해지고 있답니다. 조선 시대의 경우 전처와 계모 사이의 갈등은 당시 첩을 두어도 되는 사회 제도의 불합리함에서 생기는 애정 다툼에 적서 차별의 불합리함에서 기인되는 신분 다툼이 덧보태지면서 큰 문제가 되었답니다. 조혼(早婚) 풍습과 아기를 많이 낳는 것을 장려하던 당시 관습, 그리고 의료 수준이 떨어진 탓에 기혼 여성들의 수명이 짧아 첩을 두는 것이 공공연하게 이루어졌답니다. 이러한 유형의 소설에서 전처는 선인을, 계모는 악인을 대표하는 인물로 나타납니다. 《사씨남정기》의 내용을 살펴보면 이와 같지요.

　더불어 거의 모든 고전 소설이 행복한 결말로 끝을 맺듯이 가정 소설 역시 권선징악을 통한 해피엔딩을 맺고 있어요. 즉 가정 내의 불화에 따른 비극적인 상황이 그려지고 있지만, 결국은 주인공들의 소원이 이루어져 행복한 결말을 맺는 구성을 하고 있습니다.

 ## 7. 독후감 예시하기

┃독후감 1┃ 소설 속에 숨은 지은이의 의도를 생각하며

나는 텔레비전 드라마인 〈장희빈〉을 열심히 보았다. 장희빈은 한편으로는 밉기도 했지만 어떤 때는 불쌍하게 보이기도 했다. 그래서 역사책에서 장희빈을 찾아보니 다음과 같은 내용이 있었다.

"희빈 장씨는 조선 숙종의 빈으로 본관은 인동이고, 역관 장현의 종질녀이다. 어머니의 정부였던 조사석과 종친인 동평군 항의 주선으로 궁녀로 들어가 숙종의 총애를 독차지했다. 1686년인 숙종 12년에 숙원이 되고, 1688년 소의로 승진되어 왕자 균을 낳자 왕은 기뻐하여 세자로 봉하려 했으나, 송시열 등 당시 정권을 잡고 있던 서인이 지지하지 않으므로 남인들의 원조를 얻어 책봉하려고 했다. 이에 서인의 노론·소론은 모두 아직 왕비 민씨가 나이가 많지 않으니 후일을 기다리자고 주장했다. 숙종은 듣지 아니하고 1689년 정월에 세자를 봉하고, 장소의는 희빈으로 승격했다."

그 뒤 장희빈은 인현왕후를 몰아내고 왕비가 되었다가 나중에 나쁜 짓을 많이 한 것이 드러나 사약을 받은 것은 드라마 내용과

일치한다.

나는 이 드라마에서 김만중이 《사씨남정기》라는 소설을 지어 궁중에 들어가게 하여, 궁녀들이 읽고 이것이 숙종에게까지 알려졌으며, 마침내 인현왕후가 다시 왕비가 된다는 것을 보았다. 이것을 본 뒤에 그 내용이 궁금해 《사씨남정기》를 직접 읽어 보기로 했다.

《사씨남정기》는 인현왕후와 장희빈의 이야기를 직접 쓴 것은 아니다. 하지만 이것을 중국의 한 재상집을 가상으로 해서 본처와 첩 사이에 일어나는 이야기를 빗대어 말하고 있다. 이러한 배경 전환은 숙종이 잘못 판단했음을 알리는 데는 아주 효과적이었을 것이라고 생각했다.

요즘에는 일부일처제로 그런 일이 일어나지는 않겠지만, 옛날 이야기 중에는 첩에 관한 것이 많다. 그중 대부분은 첩은 악독하고 나쁜 짓을 많이 하는 여자로 표현하고 있다. 그것은 첩이 원래부터 인간성이 나빠서 그렇다기보다는 자신이 처한 상황에 따라서 살려다 보니 그렇지 않았을까 생각된다. 그 예를 들어 보면 본부인이 있을 경우 첩에게 대우를 잘 해줄 것 같지 않고, 본부인의 자손들은 재산이나 지위를 보장받는 데에 반해 첩의 자식은 서얼이라고 해서 천대했으니, 첩은 자신과 자식을 보호하기 위해 정상적인 언행을 하기는 어려울 것이라고 본다.

어쨌거나 《사씨남정기》는 그러한 옛날의 풍속을 소설의 소재로 권선징악을 나타냄으로써 정치적인 목적과 도덕적인 목적을 달성했으니 대단한 소설이라고 할 수 있다. 특히 그 당시에는 양반이 소설을 쓴다거나 읽는 것을 우스운 일로 여겼다는데, 양반집 자손인 김만중이 그런 소설을 썼다는 것도 대단한 일이라고 여겨진다.

▌독후감 2 ▌ 인과응보 속에 숨어 있는 역사 이야기

내가 읽은 《사씨남정기》는 17세기 조선 시대 작가인 김만중이 쓴 소설로, 숙종이 계비 인현왕후를 폐위시키고, 희빈 장씨를 왕비로 맞아들이는 데 반대하다가, 마침내 남해도로 유배되었는데, 그곳에서도 임금의 흐려진 마음을 돌려보고자 이 작품을 썼다고 한다.

그 소설의 줄거리는 다음과 같다.

명나라 시절 금릉 순천부에 사는 유현은 늦게야 아들 연수를 얻었는데, 유현의 부인 최씨는 연수를 낳고 세상을 떠났다. 연수는 15세에 과거에 응시, 장원 급제하고 한림학사를 제수받았지만 어리다는 이유로 벼슬을 만류하고 10년을 더 수학하고 나서 출사하겠다고 한다. 천자는 이 말을 어여삐 여겨 특별히 5년 동안의 여가를 준다.

유 한림은 그 뒤 재덕을 겸비한 사씨와 혼인한다. 사씨는 유 한림과의 사이에 금슬은 좋지만 10년이 되어도 아기를 낳지 못한

169

다. 이에 사씨는 남편에게 후실을 들일 것을 청하지만 유 한림은 거절하다가 여러 번 권하자 마지못해 교씨를 후실로 맞아들인다.

교씨는 천성이 간악하고 질투와 시기심이 강한 여자였으므로, 겉으로는 사씨를 존경하는 척하지만 속으로는 증오한다. 그러다가 아들을 출산하고는 자기가 정부인이 되려고 마음먹고, 동청과 모의하여 남편 유 한림에게 사씨에 대한 온갖 모함을 한다. 유 한림은 처음에는 믿지 않았지만 결국에는 사씨를 내쫓고 교씨를 정실로 맞아들인다.

교씨는 다시 동청과 함께 유 한림의 전 재산을 탈취해 도망가서 살기로 약속하고, 유 한림을 모함하여 천자로 하여금 그를 유배하도록 하는 데 성공한다. 유 한림을 거짓 고발한 공으로 지방관이 된 동청은 교씨와 함께 백성들의 재물을 빼앗는 등 갖은 악행을 저지른다.

마침내 조정에서는 유 한림에 대한 혐의를 풀어 주고, 충신을 모함한 동청을 처형한다. 그 뒤 유 한림은 비로소 교씨와 동청의 간사한 모함에 속은 줄 알고 자신의 잘못을 뉘우친다. 이어 고향으로 돌아온 유 한림은 사씨의 행방을 찾는다. 한편 남편인 유 한림이 돌아왔다는 소문을 들은 사씨는 산사에서 나와 남편을 찾으러 나섰다가 우여곡절 끝에 유 한림을 도중에서 만난다. 유 한림은 사씨에게 자신의 죄를 사죄하고, 고향으로 돌아와 간사하고 악한 교씨를 처형한 뒤 사씨를 다시 정실로 맞이한다.

이 소설에서 사씨 부인은 인현왕후를, 유 한림은 숙종을, 교씨는 장희빈을 각각 대비시킨 것으로, 김만중은 이 소설이 궁중에 들어가서 궁녀들이 읽게 하고, 마침내 어떤 궁녀가 이 작품을 숙종에게 읽도록 해서 숙종이 잘못을 뉘우치게 하고, 인현왕후를 복위하게 했다고 전해진다.

나는 이 소설을 읽고, 나쁜 짓을 한 사람은 언젠가는 그에 대한 벌을 받고 착한 사람은 나중에 복을 받는다는 옛날부터의 가르침을 마음속에 깊이 새길 수 있었다.

▎독후감 3 ▎ 등장인물의 성격으로 본 《사씨남정기》

김만중에 대해서는 수업 시간에 여러 차례 들었다. 고대 소설을 공부할 때 반드시 주목해야 할 작품인 《구운몽》을 지은 분이고, 우리말과 우리글에 대한 애정이 깊으신 분으로도 알고 있다. 그런데 《사씨남정기》에 대해서는 모르고 있었다. 더구나 고대 소설들 하면 거의가 '~전'이라는 제목을 따고 있어서 쉽게 알 수 있는 데에 반해 이 작품은 제목부터가 낯설었다. 그런데 선생님께서는 널리 알려진 작품은 아니지만, 읽으면 매우 재미있고 내용도 풍부하다고 말씀하셔서 읽어보기로 했다.

이 작품은 조선 숙종 15년부터 18년 사이에 서포 김만중이 유배지에서 지은 작품이라고 한다. 일부 다처주의 가정 속에서 아내와 첩의 갈등을 중심으로 한 이 작품은 이후 가정 소설의 한 전형을 이루어 문학사적으로도 중요한 위치를 차지하는 작품이다.

이 작품은 특히 역사적으로 숙종이 인현왕후를 폐출하고 장희 빈을 정비로 세운 것을 풍자하여 숙종의 마음을 되돌리기 위해 지었다는 주장에 있다.

내용은 이 작품을 읽은 사람이면 누구나 알 것이므로, 굳이 소 개하지 않아도 될 것이다. 그래서 나는 내용보다는 사씨, 유연수, 교씨 등 작품의 주요 인물의 성격에 주목하기로 했다.

먼저, 사씨의 경우 매우 선하고 후덕한 인품을 지니고 있고 명 분을 중요시하는 인물로 나타난다. 현모양처로서 성품이 곱고 착 한 여인의 전형으로 등장하는 사씨는 조선 시대가 원하는 보편적 인 부인의 모습인지도 모른다.

사씨는 유씨 가문의 대를 잇기 위해 스스로 첩을 맞아들이며, 누명을 뒤집어쓰고 집에서 쫓겨난 다음에도 남편의 선산에 가서 살려고 하는 등 착하고 현숙한 며느리로서의 도리를 다한다. 더 구나 교씨의 모함에 의해 집에서 멀리 쫓겨 난 뒤에는 유씨 집안 의 조상들에게 뵐 면목이 없다며 목숨을 끊으려고까지 한다. 그 녀의 이러한 행동은 당시 사회가 여성들에게 강요하는 여인상을 그대로 옮긴 것으로 보인다. 따라서 사씨는 당시의 가치관과 이 를 목숨처럼 여기는 여인들의 모습을 엿보게 한다.

사씨와는 극명하게 대비되는 인물이 교씨이다. 교씨는 이 작품 에서 위선적이며 교활하고 표독스런 악인의 전형으로, 간교하고 사악한 인물로 등장한다. 그녀는 유연수 집안에 들어올 때 매우 아름답고 고운 모습으로 등장하지만, 소설이 진행되면서 정실 부인인 사씨를 모해하고 여러 남자들과 사통하는 한편 결말에 가서는 자신의 책임을 다른 사람에게 전가하는 등 모든 악행의 근원으로 묘사된다.

이 두 사람이 극명하게 대비되는 데 비해 유연수는 자기 중심이 없는 인물로 나타난다. 그는 판단력이 없고, 양반 사대부 집안의 가부장적 사회에서 봉건적 사고 방식을 지닌 전형적 인물로 나타난다. 그는 내용의 초반에 분명한 자기 주장이 약한 사람으로, 처음에는 첩을 두지 않으려다가 사씨의 말을 듣고 첩을 두고, 이어 첩인 교씨의 말을 믿지 않다가 그 뒤에 그녀의 말을 믿어 사씨를 내쫓는 우유부단한 인물로 나타난다.

하지만 이 세 사람의 성격을 선과 악, 중심이 없는 인물로 그친다면 너무나 평범한 구성이 되었을 것이다. 자세히 살펴보면 사씨에게도, 교씨에게도, 유연수에게도 다른 면을 발견할 수 있다.

먼저, 사씨의 경우를 들여다보자. 사씨는 덕행이 높은 부녀자로서의 성품 뒤에는 일의 선후 관계를 따져 슬기롭게 대처하지 못하는 어리석음이 함께 깃들어 있다. 즉, 집안의 일처리를 스스로 해결하지 못한 채 물러남으로써 결국 아들이 시련을 당하고 집안에 혼란을 초래하는 결과를 낳았다.

교씨는 이 작품에서 악행의 대표로 등장하지만, 한편으로 보면 그녀는 시대가 낳은 불행한 인물일 것이다. 첩을 두는 사회 제도는 늘 교씨처럼 자신의 위치에 불안감을 가지 수밖에 없는 인물을 수없이 낳게 할 것이다. 따라서 그것이 행동으로 드러나든 그렇지 않든 불행을 안고 있다는 점에서 우리가 다시 한 번 생각해야 할 인물이다.

시대적·사회적인 첩 문제는 이 작품에서 유연수의 우유부단함 때문에 불행을 일으켰다. 앞에서 말했지만 유연수는 자기 중심이 없는 인물로 등장한다. 그러나 그 역시 결말에 가서는 모든 사건의 자초지종을 알게 되어 교씨를 엄하게 벌한다. 즉, 한 집안을 어른으로서 제자리를 찾은 것이다.

이들 세 사람의 모습에서 우리는 간단하나마 인간의 양면성과 시대 문제를 생각할 수 있었다. 곧 아무리 선한 사람도 또 다른 어리석음을 안고, 아무리 악한 사람도 그 속에는 그럴 수밖에 없는 안타까움을 안고 있으며, 아무리 자기 중심이 없는 사람도 어느 계기를 통해 중심을 찾게 된다는 점이다.

그리고 두 부인은 김만중이 이 작품에서 말하고자 하는 바를 대신 말하는 등장인물이자 가장 합리적인 인물로 등장한다. 두 부인은 오랜 생활 체험을 통해 첩을 두는 제도가 얼마나 불합리한지를 깨달은 인물이다. 사씨가 스스로 첩을 맞아들인다고 했을 때 타이른 대목을 보면 잘 알 수 있다. 두 부인을 통해 지은이는 당시 첩을 두는 제도를 비판하고 있음을 알 수 있다.

독후감
제대로 쓰기

책을 읽기 전에

우리는 책을 통해서 지식을 쌓고 학문을 연마하게 됩니다. 또한 교양을 얻고 수양을 쌓게 되지요. 그리하여 즐겁고 보람 있는 생활을 할 수 있는 것입니다. 이러한 습관이 지속된다면 이것이 곧 나의 생활 자체가 되고, 책을 읽는 시간이 얼마나 가치 있고 즐거운 시간인지 깨닫게 될 것입니다.

독후감을 쓰기 위해서는 책을 읽어야 함은 말할 것도 없습니다. 그러나 아무 책이나 읽는다고 다 좋은 것은 아닙니다. 특히 중학생은 아직 양서를 구별할 만한 충분한 지식을 갖추지 못했기 때문에 선생님 혹은 부모님, 그리고 선배들이 권하는 책이나, 이미 국내적으로나 세계적으로 잘 알려진 명작이나 명저를 찾아 읽는 것이 바른 방법이라고 볼 수 있습니다. 예컨대 사회적으로 존경받을 만한 사람들의 일대기를 그린 위인전이나 자서전 같은 것은 읽을 가치가 있으며, 명시 모음집이나 명작 소설, 특정한 분야의 관찰기, 평론집 같은 것도 좋은 읽을거리가 될 수 있습니다.

그럼 효율적인 독서를 위해서 어떤 점에 유의해야 할지 알아볼까요?

첫째, 본문을 읽기 전에 책의 앞부분에 있는 머리말이나 해설하는 글을 먼저 정독합니다. 그러면 책을 쓰게 된 동기나 평가 등에 대하여 잘 알 수 있게 되죠.

둘째, 목차를 잘 살펴봅니다. 목차에서 그 책의 내용이 어떻게 전개될 것인가에 대해 미리 파악할 수 있기 때문입니다.

셋째, 본문을 읽기 시작하면, 그 중에 잘 모르는 단어나 문구가 나오기 마련입니다. 그런 것은 곧 사전을 찾아 뜻을 알아두어야 합니다. 그런 것을 무시했다가는 자칫 전체를 이해하지 못하는 오류를 범할 수 있거든요.

넷째, 각 문단별로 소주제가 무엇인지를 파악하고, 그 줄거리를 요약하는 습관을 길러야 합니다. 특히 필자가 표현하려는 것과 그 뒷받침되는 내용이 무엇인지 알아내는 것이 필수겠지요.

다섯째, 글의 배경은 무엇인지, 앞뒤 맥락이 어떻게 이어지고 있는지를 잘 생각하면서 읽어야 합니다. 그리고 소설일 경우에는 주인공과 등장인물들의 성격이나 특성을 파악하는 것이 무엇보다 중요하겠지요.

여섯째, 다 읽은 다음에는 줄거리를 만들어 보고, 전체적인 주제가 무엇인지 정리하는 작업도 필요합니다.

독후감 제대로 쓰기

2. 책을 감상하는 방법

책을 읽을 때는 내용을 진지하게 파고들어 가며 읽어야 합니다. 즉 자기의 현재 생활과 비교해 가면서 생각의 폭과 사고를 넓혀 나가는 것이 중요하답니다. 그리고 작품의 문체·제목·주제·논제 등도 염두에 두고 읽으면 나중에 독후감을 쓰기가 좀더 수월

해집니다.

그리고 저자가 강조하고 있는 내용과 사건들이 현재 우리 사회에 어떤 의미를 가지고 있으며 어떻게 발전시켜 나가야 할 것인가를 생각하며 읽습니다. 더불어 저자가 작품에서 강조하려고 하는 것이 무엇인가를 파악하며 읽을 필요가 있습니다. 그렇다고 굉장한 부담을 느끼면서 책을 읽을 필요는 없습니다. 책 읽는 것 자체를 즐긴다면 그리 깊게 생각하지 않아도 작가가 말하려는 바를 깨닫게 될 테니까요.

그렇다면 각 문학 장르에 따라 어떤 점에 유념하여 책을 읽어야 하는지 알아볼까요?

┃소설┃ 작품의 주제를 파악하고 작중 인물의 성격과 배경을 생각하며 주인공이 어떻게 변화되어 가고 있는가를 염두에 두고 읽습니다. 자신의 생각이나 현실과 결부시켜 보는 것도 재미를 배가시켜 줄 거예요.

┃시┃ 선입견을 갖지 않고 그대로 느낌을 받아들이며 읽습니다.

┃희곡┃ 무대 상연을 전제로 하여 쓰여진 것이기 때문에 시간적·공간적 제약을 받는다는 것을 염두에 두어야 합니다.

┃역사 소설┃ 인물·사건 등을 작가가 상상력에 의존하여 구성한 글로서, 항상 계몽사상이나 민족의식 고취 등 어떤 목적이 들어 있는지를 파악하며 읽어야 합니다.

▌역사 ▌ 역사는 역사 소설과는 구분지어야 합니다. 이것은 정확한 기록으로 글쓴이의 주관적 해석이 들어 있을 수 없으며, 시간의 흐름에 따라 사건을 나열한 것임을 생각해야 합니다.

▌수필 ▌ 지은이의 인생관이 들어 있습니다. 심리적 부담감이 적으므로 편안한 마음으로 읽을 수 있습니다.

▌전기문 ▌ 인물의 정신, 자취, 시대적 배경과 사회적 환경을 먼저 파악해야 합니다.

▌과학 도서 ▌ 미지의 세계에 대한 탐구심, 합리적 사고력 배양, 지식과 정보의 입수, 창의력을 기르는 데 도움이 되므로 평소 이에 대한 흥미를 갖는 것이 중요합니다.

3. 독후감이란 무엇인가?

독후감은 말 그대로 어떤 글이나 책을 읽고, 그에 대한 느낌이나 생각을 쓰는 것입니다. 좋은 책을 읽고 그것을 정리해 두지 않는다면 곧 그 내용을 잊어버려, 독서를 한 만큼의 가치를 얻지 못할 수도 있으니까요. 그러므로 한 권의 책을 읽으면 곧 그 책의 내용을 정리하고, 느낌이나 생각을 적어 두는 것이 좋습니다.

독후감은 느낌이나 생각을 거짓 없이 써야 하나, 그렇다고 아무렇게나 써도 되는 것은 아닙니다. 즉 독후감도 글이므로 수필의 형식으로 쓰든, 논술의 형식으로 쓰든, 정확하게 읽고 주제와 내

용에 맞게 써야 함은 물론이죠. 아무리 좋은 글이나 책이라도, 잘 못 읽어 실제와 맞지 않는 생각이나 느낌을 쓰면 좋은 독후감이라고 할 수 없거든요. 그러므로 좋은 독후감을 쓰려면 독서를 잘해야 한다는 것이 전제됩니다. 독서를 잘하는 방법은 따로 있는 게 아니라, 그저 많이 읽다 보면 요령이 생기고, 이해도 쉽게 되며, 능률도 오르게 되는 것입니다.

독후감은 왜 쓰는가?

독후감을 쓰는 목적은 독후감을 작성함으로써 독서하는 능력이 향상되고 글 쓰는 훈련을 할 수 있기 때문입니다. 그러므로 독후감을 쓰기 위해 책을 읽으면 보다 깊은 생각을 하면서 책을 읽게 됩니다. 또한 책을 통해 생활을 반성하며, 책에서 얻은 지식과 감명을 음미하여 자기 생활에 적용시킬 수 있습니다. 문장력과 논리적 사고가 향상되는 것은 물론이고요! 그럼 독후감을 왜 쓰는지 다음과 같이 정리해 볼까요?

1 읽은 책의 내용을 되살려 다시 음미해 볼 수 있습니다.

2 감동을 간직하고 책 읽는 보람을 얻을 수 있습니다.

3 책을 통해 지식을 심화시킬 수 있습니다.

4 책을 통해 자신의 문제를 연관지어 볼 수 있습니다.

5 글을 써 봄으로 해서 생각을 깊이 있게 할 수 있습니다.

⑥ 독서 목표를 확실히 할 수 있습니다.

⑦ 작품에 대한 비판력과 변별력을 기를 수 있습니다.

⑧ 자신의 생각을 조리 있게 쓸 수 있는 작문력을 향상시켜 줍니다.

⑨ 사고력과 논리력, 추리력을 기를 수 있습니다.

⑩ 바르게 책을 읽는 습관을 형성할 수 있습니다.

5. 독후감을 쓰기 전에 생각하기

독후감은 수필의 형식이든 논술의 형식으로든 쓸 수 있다고 했는데, 사실 이 둘의 차이는 모호합니다. 다만, 수필이 자유롭게 붓 가는 대로 쓰는 것이라면 논술은 논리 정연하게 쓴다는 점이 다르다고 할 수 있습니다.

붓 가는 대로 자유롭게 수필의 형식으로 쓰는 독후감이라도 글의 앞뒤가 맞지 않는다든지, 주제가 통일되지 않으면 좋은 평가를 받을 수 없습니다. 논리 정연하게 쓰는 독후감이라면, 서론 · 본론 · 결론으로 나누어 서술해야 함은 물론이구요.

서론에 해당되는 부분에서는 그 책에 대한 소개나 쓴 사람의 생애, 또는 특기할 만한 일화 같은 것을 적는 것이 일반적입니다.

본론에 해당하는 부분에서는 그 책을 읽고 특별히 다루려는 내용을 체계적이고 구체적으로 써야 합니다.

결론에서는 본론에서 다룬 내용을 요약하거나, 자신이 읽은 후의 감상, 그 책의 좋은 점, 나쁜 점 등을 들어서 마무리를 해야 합니다.

　독후감은 짧게 쓰는 것이 상례이므로, 작품 전체를 거론하기보다는 특정한 주제를 잡아서 쓰는 것이 좋습니다. 보편적으로 다룰 수 있는 몇 가지 주제를 제시해 보면 다음과 같습니다.

　첫째, 작가의 의식이나 주인공의 언행, 성격과 연관지어 주제를 구현시키는 방법입니다. 문학 작품이라면 주제가 애정이나 애국, 의리나 배반일 수 있으므로 이러한 점에 초점을 두고 써야겠지요. 또한 과학에 관계된 것이라면, 그 발명의 의의나 연구자의 노력과 관련시켜 서술해야 하겠지요.

　둘째, 저자의 이념이나 생애, 업적에 관심을 두고 쓰는 방법입니다.

　그 작품을 통하여 알 수 있는 저자의 철학이나 사상 또는 저자가 그 작품을 남기기까지의 역경이나 작품을 쓰게 된 동기, 작품의 가치나 다른 작품에 미친 영향 등 작품과 연관시켜 쓰는 것이지요.

　셋째, 작품의 내용을 중심으로 기술합니다.

　예컨대, 작품 속 주인공의 성격을 분석하거나 다른 사람과 비교해 볼 수도 있고, 그 작품의 사건이나 시대적 배경을 논의하거나, 작품의 구성 같은 것에 초점을 두고 이야기할 수도 있습니다.

　이와 같이 작품을 읽기 전에 먼저 어떤 점에 중점을 두고 독후감을 쓸 것인가를 염두에 둔다면, 그렇지 않은 경우보다 훨씬 이해가 쉽고, 나중에 독후감을 쓰는 데도 도움이 될 것입니다.

6. 독후감의 여러 가지 유형

1. 처음에 결론부터 쓴 다음 왜 그러한 결론이 도출되었는지 자기의 감상을 자세하게 쓰거나 또는 감상을 먼저 쓰고 결론을 씁니다.
2. 책을 읽게 된 동기부터 설명하고 글 중간에 자기의 감상을 씁니다.
3. 저자나 친구에 대한 편지 형식으로 감상을 쓰거나 주인공에게 대화 형식으로 씁니다.
4. 시(詩)의 형태로 감상문을 씁니다.
5. 대화문(對話文) 형식으로 씁니다.
6. 줄거리부터 요약한 다음 자기의 느낌이나 생각을 씁니다.

7. 독후감을 구체적으로 쓰는 방법

어렵게 쓰겠다는 생각은 하지 말고 쉽게 써야겠다는 마음가짐을 가져야 좋은 글이 나올 수 있습니다. 그리고 무엇보다 감상문을 쓰기 전에 무엇을 어떻게 쓸까 조목별로 골자를 먼저 쓰고, 이 골자에 살을 붙이는 방법으로 쓰려고 노력해야 합니다. 이때 의도적으로 아름답게 잘 쓰려고 하지 않는 것이 좋습니다. 자, 그럼 더 자세하게 알아볼까요?

1. 먼저 제목을 붙입니다.
2. 처음 부분(머리글)을 씁니다.
   - ⫸ 책을 읽게 된 이유나 책을 대했을 때의 느낌을 씁니다.
   - ⫸ 자신의 생활 경험과 관련지어 써 봅니다.
   - ⫸ 제일 감동받은 부분을 씁니다.
   - ⫸ 지은이나 주인공을 소개하는 글을 씁니다.
3. 가운데 부분을 씁니다.
   - ⫸ 자기의 생활과 견주어 씁니다.
   - ⫸ 주인공과 나의 경우를 비교해서 씁니다.
   - ⫸ 시시비비를 분명히 가려야 합니다.
   - ⫸ 가장 극적이었던 부분을 소개합니다.
4. 끝부분을 씁니다.
   - ⫸ 자신의 느낌을 정리합니다.
   - ⫸ 자신의 각오를 씁니다.

독후감을 쓴 다음에는 다음과 같은 추고의 과정이 필요합니다.
첫째, 쓴 글을 다시 한 번 읽으면서 맞춤법이나 표준어 규정에 어긋나는 것은 없는지 살펴봐야 합니다.

둘째, 문장이 잘 구성되어 있는지, 또 문단이 잘 짜여져 있는지 알아보아야 합니다. 한 문단에는 소주제문과 보조문들이 있어야 하는데, 그런 점이 잘 지켜져 있는지 유의해야 합니다.

셋째, 글 전체의 구성이 잘 이루어졌는지 살펴봅니다. 예를 들어 서론에 해당하는 부분이 지나치게 길다든지, 결론에 해당하는 부분이 너무 짧다든지, 전체적인 구성이 균형을 잃고 있다면 다시 고쳐 써야 하겠지요.

우리가 시간을 들여 열심히 책을 읽고 난 후 독후감을 잘 쓰기 위해서는 책을 읽고 있는 동안의 느낌을 잊지 않고 글로써 표현할 줄 알아야 하며, 책을 읽고 가장 감명받은 부분을 기억하고 있어야 합니다. 또한 다른 사람들은 어떻게 독후감을 썼는지 남의 것을 읽어 보고, 자신의 것과 비교해 보며 자주 글을 써 보는 것이 중요합니다. 그렇게 하다 보면 자신만의 개성 있는 필치로 독특한 감상문을 쓸 수 있게 되지요. 학교에서 아무리 독후감 숙제를 내주어도 부담없이 즐거운 기분으로 끝낼 수 있을 겁니다!

8. 그 밖에 알아두면 유익한 것들

┃ 독후감 쓰기 10대 원칙 ┃

1. 자신의 수준에 맞는 책을 선택합시다.

2. 독후감 쓰는 형식이 있기는 하지만 너무 거기에 구애받을 필

요는 없습니다.

3. 자신이 작가라면 어떻게 글을 이끌어갈지를 생각하며 읽어 봅시다.

4. 평소 음악 평론이나 영화 평론을 많이 읽어 봅시다.

5. 읽으면서 마음에 와닿는 것이 있다면 따로 적어 둡시다.

6. 현대 사회의 문제점과 비교하면서 읽어 봅시다.

7. 모르는 것이 있으면 적어 두는 습관을 기릅시다.

8. 신문 사설이나 칼럼을 스크랩해서 필요할 때 사용합시다.

9. 요약하는 데에만 집착하지 말고 제대로 책을 읽읍시다.

10. 읽은 후에는 꼭 독후감을 직접 써 봅시다.

▌책을 읽는 10가지 방법 ▌

1. 아주 어릴 때부터 책과 친하게 지내는 습관을 기릅시다.

2. 너무 속독하려 하지 말고 담겨진 내용을 충실히 읽는 습관을 기릅시다.

3. 항상 작품이 나와 어떠한 상관 관계가 있는지 체크를 해 가며 읽읍시다.

4. 무조건 책장을 넘길 것이 아니라 시시비비를 가려 가면서 읽읍시다.

5. 매일매일 조금씩이라도 책을 읽는 습관을 들입시다.

6. 책 속에 담긴 뜻을 음미하고 되새기면서 읽읍시다.

7. 너무 자신의 취향에 맞는 책만 읽지 말고 다양한 장르의 책

을 골고루 읽도록 합시다.

8. 책 속에 담겨진 교훈을 깊이 생각하고 생활에 적용시킵시다.

9. 책에 따라 읽는 방법을 달리하는 습관을 들입시다. 모든 책이 만화책은 아니기 때문이죠.

10. 바른 자세로 앉아 눈과의 거리를 30cm 두고 밝은 곳에서 읽읍시다.

9. 원고지 제대로 사용하기

▌제목 및 첫 장 쓰기 ▌

1. 제목은 석 줄을 잡아 둘째 줄 가운데에 씁니다.

2. 1행 2칸부터 글의 종별을 표시합니다. 가령 수필이면 '수필'이라고 씁니다. 간혹 글의 종별을 표시 없이 비워 두는 경우가 많은데 이는 적는 것을 잊었거나, 원고지 사용법에 무관심하기 때문입니다.

3. 제목을 쓸 때에는 마침표를 찍지 않고, 물음표와 느낌표는 붙이지 않는 것이 좋습니다.

4. 제목에 줄임표는 사용하지 않는 것이 상례입니다.

5. 이름은 넷째 줄 끝에 두 칸 정도를 남기고 씁니다. 특별한 경우에는 서너 칸을 남겨도 됩니다.

6. 성과 이름은 붙여 씁니다. 다만, 성과 이름을 분명히 구별해

야 할 필요가 있을 경우에는 띄어 쓸 수 있습니다. 예) 임채후(○), 남궁석(○), 남궁 석(○)

7. 본문은 여섯째 줄부터 쓰는 것이 좋습니다. 단, 특수한 작문인 경우는 적절히 올려 넷째 줄부터 본문을 시작해도 상관없습니다.

8. 학교 이름이나 주소가 길 경우에는 세 줄을 잡아 쓸 수 있습니다.

9. 주소는 보통 표제지에 기재하고 원고지 첫 장에는 제목과 성명만 간단하게 적는 것이 상례입니다.

10. 성명의 각 글자는 시각적 효과를 위해 널찍하게 한두 칸씩 비워 써도 무방합니다.

11. 학교 앞에 지명을 기입할 때는 학교명을 모두 붙여 써서 지방을 표시하는 지명과 학교명의 구분을 명확히 해 주는 것이 좋습니다.

▌첫 칸 비우기 ▌

1. 각 문단이 시작될 때는 첫 칸을 비우고 씁니다.

2. 대화체의 경우는 첫 칸을 비우고 씁니다.

3. 인용문이 길 때는 행을 따로 잡아 쓰되, 인용 부분 전체를 한 칸 들여서 씁니다.

4. 첫째, 둘째, 셋째 등으로 이야기를 전개해야 할 때는 시작할 때마다 첫 칸을 비울 수 있습니다. 단, 그 길이가 길거나 제시된

내용을 선명하게 하고자 할 때 비워 둡니다.

5. 시는 처음 두 칸 정도 줄마다 비우고 씁니다.

▌줄 바꾸기 ▌

1. 문단이 바뀔 때는 줄을 바꾸어 씁니다.

2. 대화는 줄을 새로 잡아 씁니다.

3. 인용문을 시작할 때는 줄을 바꾸어 씁니다. 단, 그 길이가 길 때 한해서입니다.

4. 대화나 인용문 뒤에 이어지는 지문은 글이 다시 시작되는 것이므로 한 칸을 들여 씁니다. 단, 이어 받는 말로 시작되는 지문은 첫 칸부터 씁니다.

▌문장 부호 및 아라비아 숫자, 영문자 ▌

1. 문장 부호는 한 칸에 하나씩 넣는 것이 원칙입니다.

2. 아라바아 숫자는 한 칸에 두 자씩 넣습니다.

3. 한자(漢字)로 쓸 때는 띄어 쓰지 않습니다. 그러나 한자와 한글이 함께 쓰이면 띄어 쓰기를 합니다.

4. 마침표(.)와 쉼표(,) 다음에는 통례상 한 칸을 비우지 않으며, 느낌표(!), 물음표(?) 다음에는 통례상 한 칸을 비웁니다.

5. 행의 첫 칸에는 문장 부호를 쓰지 않습니다. 첫 칸에 문장 부호를 써야 할 경우는 그 바로 윗줄의 마지막 칸에 글자와 함께 씁니다.

6. 영문자의 경우, 대문자는 한 칸에 한 글자, 소문자는 한 칸에 두 글자씩 넣습니다.

10. 문장 부호 바로 알고 쓰기

1. 마침표 : 문장을 끝마치고 찍는 문장 부호로 온점(.), 물음표 (?), 느낌표(!)를 이르는 말입니다.

2. 쉼표 : 문장 중간에 찍는 반점(,) 가운뎃점(·) 쌍점(:) 빗금 (/)을 이르는 말입니다.

3. 따옴표 : 대화, 인용, 특별어구를 나타낼 때 쓰는 문장 부호 로 큰따옴표("")와 작은따옴표('')를 씁니다.

4. 그 밖의 문장 부호 : 물결표(~)는 '내지(얼마에서 얼마까 지)'라는 뜻에 씁니다. 줄임표(……)는 할말을 줄였을 때와 말이 없음을 나타낼 때 씁니다.

11. 마치며

초등학교나 중학교에서는 독후감이라는 말을 사용하지만 고등 학교에 가게 되면 독후감이라는 말보다는 아마 논술이라는 말을 더 많이 쓰고 더 많이 듣게 될 것입니다. 논술이란 말 그대로 어떠한 논제를 가지고 논리적으로 서술하는 것을 말하는데, 이는 하루아침에 이루어지는 능력이 아니랍니다. 다양한 분야의 많은 것을 폭넓고 깊이 있게 알고, 자기의 주관을 뚜렷이 할 때만이 논술을 잘 쓰게 되는 것이지요. 그러기 위해서는 중학교 시절부터 많은 책을 읽어 보고 스스로 글을 써 보는 훈련을 하는 것이 중요합니다.

실제로 고등학교에 가면 교과목 공부에도 시간이 모자라 제대로 책을 읽을 시간이 없거든요. 무엇을 알아야 글을 쓸 것이고, 자신의 주장을 피력할 것 아니겠어요? 그러니 조금이라도 시간이 더 있는 중학생 시절에 좋은 책을 많이 읽어 보고, 생각해 보며, 글을 써 보는 노력을 하는 것이 여러분의 미래를 더욱 밝게 해줄 것입니다. 시간도 절약이 되고요. 아마 그렇게 한 사람은 그렇지 않은 사람보다 10리쯤 앞서 나가지 않을까 생각되는데 여러분 생각은 어떠세요?

독후감 제대로 쓰기

▮성 낙 수▮
한국교원대학교 교수, 연세대학교 졸업, 동 대학원에서 석사 · 박사 학위 받음.

▮임 현 옥▮
부여여자고등학교 교사, 공주대학교 졸업, 현재 한국교원대학교 대학원에 재학중.

▮이 승 후▮
경주 감포중학교 교사, 영남대학교 졸업, 현재 한국교원대학교 대학원에 재학중.

판	권
본	사
소	유

중학생이 보는
사씨남정기

초판 1쇄 발행 2004년 2월 15일
초판 11쇄 발행 2018년 4월 13일

지은이 김 만 중
엮은이 성낙수 · 임현옥 · 이승후
펴낸이 신 원 영
펴낸곳 (주)신원문화사

주   소 서울시 구로구 가마산로 27길 14 (신원빌딩 10층)
전   화 3664-2131~4
팩   스 3664-2130

출판등록 1976년 9월 16일 제5-68호

＊ 잘못된 책은 바꾸어 드립니다.

ISBN 89-359-1175-5 43810